好萊塢劇本
創作術

**Crazy Screenwriting
Secrets**

HOW TO CAPTURE A
GLOBAL AUDIENCE

地表最強影視工業
如何打造
全球暢銷故事?

林偉克 WEIKO LIN —— 著

鄭婉伶 —— 譯

獻給我的母親張麗春，

你身後留下的珍貴禮物不僅安慰了我，

也為我指引了人生的方向。

致謝

　　我深深感謝在 UCLA 求學期間曾指導過我的傳奇大師：Richard Walter、Lew Hunter、Howard Suber、Hal Ackerman 和 Dan Pyne，他們的智慧已經深植於本書中，他們不僅教導我編劇的技術，他們的價值觀更激勵我成為一名老師，讓教書成為我編劇生涯的一部分。另外，誠摯感謝我的經理人 Robyn Meisinger 和 Ryan Cunningham，他們引領我寫出最好的作品，他們對於故事的一切可說是瞭若指掌啊！同時，也要感謝我的經紀人 Max Michael 和 Lucia Liu 一路支持我在大中華和美國的瘋狂計畫。我還想特別感謝 United Talent Agency 的 Jeremy Zimmer，在我就讀研究所期間，教會我如何理解娛樂產業裡的商業面向，讓我從事業的開端就能看清整個產業。當然，還要謝謝本書真正的幕後功臣 Michael Wiese 和 Ken Lee，也感謝鄭俊平和王國光幫助中文版的誕生。最後，感謝林家人、張家人、范家人、郭家人、陳家人、Mills 一家、Smith 一家、Pucillo 一家、 Satchell 一家、Bigelow 一家、我最親愛的朋友、激勵我的同事以及最具熱情的學生們，謝謝你們成為我創作和文化上的避風港，沒有你們，我不可能走到今天。

書評推薦！

「激勵人心又充滿活力的一本書，作者完全了解劇本創作的個人面向。……他為編劇提供了一份地圖，帶領每個人找尋自己必須講述的獨特故事，並創作出具有生命力的劇本。

—— 大衛高耶（David S. Goyer），共同編劇，《黑暗騎士》三部曲（The Dark Knight Trilogy），《魔鬼終結者：黑暗宿命》（Terminator: Dark Fate），《蝙蝠俠對超人：正義曙光》（Batman Vs. Superman: Dawn of Justice）

「這位資深編劇以烹飪作為比喻，帶領讀者了解全球如何製作、銷售與發行電影，同時也揭露電影事業成功的關鍵在於原料，而非成品。」

—— 史考特貝克（Scott Beck）及 布萊恩伍茲（Bryan Woods），編劇、美國編劇工會獎（WGA Award）提名，《噤界》（A Quiet Place），《65》

「本書與書中引用和解構的商業大片一樣，節奏快速、令人內心澎湃，為胸懷大志、埋首寫作的編劇提供了豐富且實用建議。」

—— 保羅安德森（Paul W. S. Anderson），編劇、導演，《惡靈古堡》系列（Resident Evil）、《異形戰場2》（AVP: Alien vs. Predator）、《絕命尬車》（Death Race）、《魔宮帝國》（Mortal Kombat）

「能夠從經驗豐富的人手中獲取第一手資訊是很難得的，本書以有趣且富有洞察力的方式提供了許多業內知識，同時也讓讀者了解如

何將故事搬上大銀幕。」

——**安迪霍維茨**（Andy Horwitz），製片，《瞞天大佈局》（American Hustle）、《自殺突擊隊》（Suicide Squad）、《三重邊界》（Triple Frontier）

「大家都有秘密，幸運的是，作者願意分享他成功的秘訣。如果你沒在編劇上善用作者提供的建議，我想你應該是『瘋了』。」

——**凱文布萊特**（Kevin S. Bright），影集總監製、導演，《六人行》（Friends）

「你可以瘋狂到不斷深入內心、努力工作、寫作、修改，直到劇本達到最完美的境界嗎？如果可以，這本書是獻給你的！」

——**費莉西亞亨德森**（Felicia D. Henderson），編劇、影集聯合總監製，《漫威制裁者》（The Punisher）、《黑金帝國》（Empire）、《花邊教主》（Gossip Girl）

「將編劇比作煮菜真是太天才了！從研發食譜、取得食材、烹飪食物無所不包。本書將啟發我們寫出足以連結不同文化背景的故事，邏輯清晰、論述有趣、易於消化又美味。」

——**陳發中**（Henry Chan），導演，《醫院狂想曲》（Scrubs）、《皇后區之王》（King of Queens）、《王子富愁記》（由阿里巴巴出品）、《真愛 100 天》

「寫作很難。即使是這段推薦短文也花了我好幾天才完成，因此，任何能讓寫作變得容易一點的人都值得歌頌，本書作者揭開了編劇技術與娛樂產業的神秘面紗。」

——寇特尼莉莉（Courtney Lilly），編劇、劇集統籌，《黑人當道》（Black-ish）

「本書充分展現了作者的聰明才智和魅力……以及瘋狂的洞察力。」
——班奈特格雷柏納（Bennett Graebner），影集總監製，《鑽石求千金》（The Bachelor）、《千金求鑽石》（The Bachelorette）

「作者功力高深，拆解劇本的同時也幫助編劇將靈魂注入作品，這就是為什麼他的編劇課至今仍對我的寫作影響深遠。」
——瑪莉莎穆克吉（Marisha Mukerjee），編劇、影集聯合總監製，《末日列車》、DC漫改電影《泰坦》（Titans）、《謀影行動》（Quantico）

「這是一本關於編劇基礎的全攻略——從尋找靈感到行銷作品。作者以他的熱情及激勵人心的話語，讓讀者能夠勇敢提筆撰寫自己的第一部劇本，甚至還讓這個看似艱難的任務變得很有趣！」
——梅黎迪絲芙德曼（Meridith Friedman），編劇、製片，《芝加哥醫情》（Chicago Med）

「本書以真誠、平易近人的口吻，積極熱情地帶領新手編劇進入編劇的世界，從思考劇本到行銷劇本無所不包，誠摯推薦給任何準備踏進神秘編劇領域的人！」
——史蒂芬妮寇爾尼克（Stephanie Kornick），編劇，《透明家庭》（Transparent）

「本書是尋找編劇動機、職業建議和全球娛樂產業解析的首選。」

──羅可普奇洛（Rocco Pucillo），編劇，網飛出品動畫《聖戰士：傳奇護衛》（Voltron: Legendary Defender）

「本書探索了我們親身故事的荒謬之處，並教導我們將其無所畏懼地呈現在劇本上。」
──仇雲波（Robin Shou），演員、編劇、導演，《比佛利山威龍》（Beverly Hills Ninja）、《魔宮帝國》（Mortal Kombat）、《紅褲子：香港特技打仔的生活》（Red Trousers）

「本書端出許多美味佳餚，從編劇技藝到商業行銷的秘訣皆傾囊相授。對於任何懷有野心、想要打造普世故事的編劇來說，本書十分具有啟發性，特別是希望為華人觀眾創作普世故事的編劇。」
──山下愛麗斯（Iris Yamashita），編劇，奧斯卡最佳改編劇本獎《來自硫磺島的信》（Letters from Iwo Jima）

「本書令人耳目一新，以正經、鼓舞人心的口吻揭開編劇的神秘面紗，以清晰、有智慧、激勵人心的筆觸拆解了商業劇本成功的條件。我相信已故偉大編劇希德菲爾德也在某處笑著閱讀本書。」
──麥克巴克（Mike Barker），共同主創人，《特工老爹》（American Dad!）

「本書是一本非常有用的編劇指南，集合了作者身為作家和老師的豐富經驗。熟悉中美兩國文化和電影產業的作者，不僅能夠提供讀者磨練編劇技巧所需的工具，還能教導讀者如何在娛樂產業闖出一片天，任何還在編劇路上努力的人都應該把這本書放在架上。」
──蘇珊赫維茲厄尼森（Susan Hurwitz Arneson），編劇、影集總監

製，《踢克超人》（The Tick）、《傳教士》（Preacher）

「本書將劇本寫作的抽象概念化為平易近人的真理。」
——**坎達兒雪伍德**（Kendall Sherwood），編劇、影集聯合總監製，
《檀島警騎》（Hawaii Five-0）、《守則》（The Code）、《重案組》
（Major Crimes）

「本書有條有理地為胸懷大志的編劇開闢了一條路，讓他們的作品
能夠更上一層樓，讀者會被本書啟發，進而提筆撰寫屬於自己的故
事。」
——**法爾阿沙德**（Farhan Arshad），編劇，《一家之主》（Man With
a Plan）

「作者擁有豐富的電影知識，身為一名經驗老道的編劇，他對這門
技藝的掌握度極高。」
——**卡麥隆鄧肯**（Cameron Duncan），攝影指導，《西鎮警魂》
（Longmire）、《眼鏡蛇道館》（Cobra Kai）、《傳教士》（Preacher）

「偉克一直是我的導師，他的編劇方法幫助我觸及各地觀眾，此書
值得所有編劇一讀。」
——**王國光**，編劇，《翻滾吧！阿信》金馬獎入圍最佳原著劇本、《獵
夢特工》、《正義的算法》

「本書作者是一名炙手可熱的作家和老師，他了解電影產業在美國
及世界各國不斷發展的複雜性。 本書內容相當精彩，向他學習是明
智的決定。」

——布萊恩費根（Brian Fagan），UCLA 戲劇、電影及電視學院專業分學程主任

「本書擴大了編劇的對話空間，希望藉此投向全球觀眾的懷抱，這正是電影業面臨的難題，作者引用包括好萊塢電影在內的全球性參考資料，以極具吸引力的筆觸闡明了講故事的基本原則、角色發展、故事本身以及執行之間的關係。」
——薇莉娜哈蘇休斯頓（Velina Hasu Houston），劇作家、編劇、南加大戲劇寫作碩士學程主任

「本書將一步步教導你如何吸引現代片廠渴望的全球觀眾，內容豐富且鼓舞人心，充滿了能引起共鳴的秘訣和趣聞，是一本不可或缺的全攻略指南。」
——瑪蒂庫克（Martie Cook），編劇、作家、愛默生學院喜劇藝術中心主任，《電視寫作聖經》（Write to TV）

「一本教導讀者如何成功撰寫長片劇本的『食譜』，能夠對渴望製作全球性電影的新秀及專職編劇有所幫助。」
——李道明，國立臺北藝術大學名譽教授、現任香港浸會大學電影學院電影電視與數碼媒體碩士課程主任

「本書最珍貴的建議是探索內心的『瘋狂』，教導你如何挖掘自身的情感經驗，也解釋了美國電影能吸引全球觀眾的原因，以及中美兩國電影之間的差異。作者以務實的角度，一步步帶領你進入編劇的世界，並詳細說明打入中國電影市場的有效方法，使這本書成為走向編劇生涯的首選工具書。」

——**保羅齊特里克**（Paul Chitlik），作家、羅耀拉瑪麗蒙特大學編劇實踐副教授，《好劇本是改出來的》（Rewrite）

「簡潔有力⋯⋯本書幾乎囊括所有編劇該知道的事，從電影產業出人頭地的秘訣到寫出專業劇本的技巧。」
——**羅伊芬奇**（Roy Finch），查普曼大學助理教授

目錄

作者序

臺灣，是母親賦予我生命的地方

我在臺灣寫這本書的序時，感覺一切似乎不太真實卻又如此美好，在臺灣這片土地，我呼出生命中第一口氣；也第一次聽到詞曲優美的搖籃曲。這片土地是我嬰兒時期牙牙學語的地方，也是我「塗鴉」出第一個中文字的地方。不管我在世界哪個角落，中文和台語的美妙音聲總能像大海波浪一般滋養並撫慰我的心靈。

「當我獨自躺在床上時，我常常會回想你幼年的一切，小時候乖巧的模樣，很美好的回憶，好像這一切才發生，但已過了二十多年，時間真的過得太快了。以前不會珍惜時間，你要好好利用時間，過了一天，就少了一天。」

2006 年 11 月 6 日，母親接受癌症治療，我必須臺北、洛杉磯兩地往返，她在我留給她的筆記本上寫下這段話，雖然筆記本上沒寫太多字，但每當我感到孤單與恐懼時，她的文字總能安撫我。如同我小時候作了失去母親的惡夢後從淚水中驚醒，聽了母親說的話、講的故事就能得到些許安慰一樣。母親在寫下這段話的幾個月後就過世了，我童年的惡夢還是成真了。我想，她為我寫下這段話的同時，

心中的恐懼應該也減輕了一些。

「我已心裡準備好了。」

在母親治療狀況好轉的某一週，父親、大哥和我陪她一起開車從臺北到日月潭走走，讓她再好好欣賞臺灣的風景。途中，母親希望能順道拜訪一名久未聯繫的大學好友。值得一提的是，母親的學歷非常優秀，北一女畢業，小學甚至曾代表全臺北市的模範生從市長手中接過市長獎。然而，她的朋友分享了一些我從沒聽過的故事，像是母親會和她一起蹺課去看電影，有趣的是，母親並沒有特別喜歡電影，但她樂於陪我一起看電影，只因為我鍾愛電影。當時我心想這會不會是她與朋友培養感情的方式。經過了一連串笑淚交織的談話，是時候啟程了，母親和大學好友沉默許久，這是她們最後的道別，但她們的故事將永久流傳。

這與寫劇本有什麼關係？

說故事的核心源於恐懼，我們看著電影裡的英雄展開旅程，自己好像也能克服恐懼了，這些英雄用他們的勇氣

給予我們希望，幫助我們面對恐懼、發揮潛能，這就是故事的力量。

我八歲時離開臺灣去到美國，在完全不認識任何英文字的情況下，因為恐懼而選擇沉默，把自己隱藏起來，害怕在這個陌生的國度裡，自己的外國身分會太引人注目。為了幫助我戰勝恐懼，七年級的導師鼓勵我參加學校音樂劇演出，從那時起，我就像找到我的天命，也找到了歸屬感。小時候，我為了融入而演繹角色；成年後，我為了融入而創造角色；現在，我已經完全融入美國了。

母親過世後，我失去了我的文字

我又再度陷入恐懼。為了找尋母親的蹤跡，我回到了臺北，回到了我的家鄉，回到了我的生命起源地。我從八歲離開後首次回到這裡居住，頓時間，我感到豁然開朗，一切都變得清清楚楚。我找回了屬於自己的文字，不過這次我找回的是久藏在內心深處的母語。我開始為了自己而寫作，而不是為了滿足別人的期望，我不再需要為了融入某個國度而改變自己，我開始擁抱祖先傳承下來的思想和觀點。

「媽媽在天上保佑你們。」

　　每當我閉上眼，就能在心中聽見母親的話語安撫著我，而我也在持續尋找屬於自己的文字。人類透過說故事這個強大的媒介安慰彼此，如果沒有母親的文字，我不會成為作家，更別說撰寫這本書。

　　儘管多年過去了，失去母親的傷痛至今仍是難以釋懷，我很慶幸自己還沒「走出傷痛」，因為這讓我依舊感覺到母親的存在，也讓我無所畏懼。

　　當你在尋找屬於你的文字，我希望你能同時在喜悅和痛楚中找到正能量和同理心，痛苦只是表面的偽裝，深藏其中的是愛。

林偉克

台北

2021 年 5 月 30 日

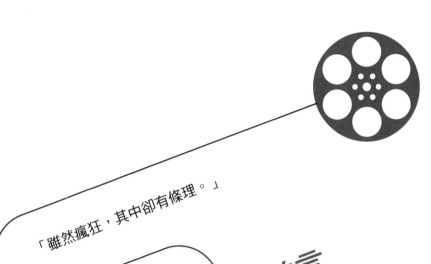

「雖然瘋狂，其中卻有條理。」

前言

——威廉莎士比亞（William Shakespeare），
劇作家，《李爾王》（King Lear）

年幼時期在臺北長大的我，對武俠片非常痴迷。這些電影的情節大多千篇一律，十惡不赦的壞人偷走了武林祕笈，因為祕笈傳授了某種**神祕**而強大的招式，電影裡的英雄必須竭盡所能練就祕笈裡的武功，才能擊退壞蛋。這些故事真令人嚮往！如果江湖上真的**只有一種**門派的武功能夠致勝，那會是什麼樣的光景！

　　舉凡各國古文明，從羅馬、希臘乃至中國，皆有不同形式的武功祕笈，如同市面上許多自成一派的編劇工具書，其實這些書的立基點都大同小異，沒有絕對的對錯，只要對你有用就是正確的方式。現今最受歡迎的綜合格鬥，選手也是融合各家之長，從截拳道至拳擊無所不包，汲取各家武術中最適合他們的招式。這本**編劇武功祕笈**也是如此，其精髓是我從各大師傑作中吸收的精華，包含了最厲害的形式和風格，這些大師是我有幸一起共事的夥伴，他們的職業可能是老師、經理人、製片、導演、片廠高層等。

　　你可以將本書視為編劇路上的羅盤，沒有它你也能到達目的地，但這本書或許能讓你少走點冤枉路，避免你陷入創作困境和挫折……進而放棄手中的劇本。

編劇沒那麼難懂

　　如果過度思考編劇這件事，你只會花更多時間試著弄懂許多龐雜的理論，而不是著手撰寫劇本。看著許多立意良善的工具書和研討會，提供許多編劇相關的艱澀圖表，不禁使我想起《春風化雨》（Dead Poets Society）的一幕。當文學老師約翰基廷（羅賓威廉斯飾）要求學生大聲朗讀課本上，導讀篇章裡關於如何欣賞一首詩的段落，文中以生硬的**圖表**呈現評斷詩的標準，羅賓威廉斯接著請同學撕掉整個章節！正在編劇路上的你就應該這麼做，我不是要你撕掉其他的編劇工具書，市面上絕對有很棒的工具書，但如果你把時間花在欣賞那些精密的編劇公式，而不是專注在自己的劇本上，你可以退一步想想，更好的作法是砍掉重練！每個心中懷有故事的人對編劇應該都不陌生，撰寫劇本的過程不難，卻要耗費極大的心力，滴下許多血汗和淚水，讀到這裡，如果你還願意繼續下去……我真心希望你能堅持下去……那麼請繼續往下閱讀吧！

編劇與瘋狂有什麼關係？

　　我們**生而瘋狂**，具體來說，我們都有一顆瘋狂的心！《瘋狂的心》（Crazy Heart）一直是我很喜歡的片名，因為這個片名道出了編劇工作的精髓。愛能使你瘋狂，將邏輯全部拋在腦後；愛能使你陷入狂喜，如同看了一部想像

力豐富的電影，或創作出一部令人情緒激昂的劇本。讓我們從電影裡的英雄開始說起，他們很瘋狂！他們的作為和一般人不一樣，他們無所畏懼，喔！**我們多希望擁有這些特質**！他們不像我們每天小心行事。我們看電影的目的，就是希望經歷現實生活中缺乏的刺激感受，不顧一切去冒險、抓住機會。

誰會**瘋狂到像**《一路到底：脫線舞男》（The Full Monty）裡的主角蓋茲一樣變身脫衣舞男，只為了失業後仍能保有兒子的共同監護權？誰會**瘋狂到像**《即刻救援》（Taken）裡的爸爸一樣，從美國殺到歐洲，只為了營救遭人口販子綁走的女兒？誰會**瘋狂到像**《小鬼當家》（Home Alone）裡的八歲男孩一樣，意外在聖誕假期被家人獨自留在家中，還必須隻身擊退闖入家裡的強盜？

孩提時期的我們總能隨心所欲，做自己想做的事，說自己想說的話；長大後卻總受到各種時程牽絆，做事要考慮現實、**冷靜**行事，這也是文明裡出現法律和秩序的原因，但其副作用卻是壓抑了我們瘋狂的本性。

當你問製片或監製希望找到怎樣的編劇，他們很可能會回答，希望找到一名擁有「獨特聲音」的編劇。但你如何量化聲音——而且到底什麼是聲音？這名編劇寫的劇本會唱歌？此處所指的聲音是閱讀劇本時產生的些微**感受**，聲音是只有你可以傳達的瘋狂觀點，讓你的劇本和才能閃閃發光，即使幾十億光年外的人都能看見。

劇本有什麼了不起？

劇本明明不是成品，為什麼需要投注這麼多的愛和心力？我們平常觀賞的都是拍攝完成的電影，我們又不會去閱讀沒有拍成電影的劇本，那何必多此一舉呢？

劇本是電影潛力的核心。

電影完成前，劇本是最重要且唯一**看得見的資產**，因此，劇本也被視為智慧財產。在此先說明一下，往後書本裡提及的「讀者」一詞，並不是單指劇本分析師，那群可憐蟲每當經紀公司、製作公司和片廠收到劇本，就必須為每一部劇本撰寫閱讀報告，真是一份吃力不討好的工作。我所指的大多是閱讀劇本的決策者和合作者，他們在電影開拍製作前就會讀到劇本。當討論到電影製作的創意視野和工作規劃，劇本往往也會是其中的重點，他們對**劇本潛力**的認定，將會決定電影是否能夠成功開拍。

製片單憑閱讀劇本的感覺，就必須判斷這部劇本是否能拍成電影－；劇本接著會交由片廠高層**閱讀**，高層將會決定是否買下這部劇本，繼續將其發展成電影；甚至連行銷部門都會需要閱讀劇本，並預估美國和全球的銷量；經紀人和經理人會代表導演和電影明星先行**閱讀**劇本，再決定案子適不適合他們的旗下影人；經紀人閱讀完劇本掛保證後，電影明星和導演會再閱讀過一次劇本。一旦電影確定開拍，技術組統籌如攝影指導、美術指導、服裝設計、執行製片和選角指導都必須閱讀過劇本，並以劇本為基底，

在他們的工作崗位上發揮創意和規劃工作細項。劇本是整個電影製作裡最核心的環節！成千上萬的工作機會都依著這份大約 105 頁的文件而生。

這也是為什麼片廠和出資者有時會投入大量時間和金錢，確保劇本發展成最好的樣子，再豪擲 1 億美元拍攝電影，以及 5000 萬美元以上的預算來行銷電影。天啊！劇本最好要夠厲害。這也是為什麼美國電影能稱霸全球，因為美國電影在正式花錢開拍之前，都會先投注資源和心力開發劇本，這賦予好萊塢或美國電影相對的優勢，能夠贏過世界上大多數國家的電影，因為這些國家通常在劇本上花的資源和心力是最少的，他們常常無力負擔這樣的前置作業。美國電影產業超過百年的歷史裡，故事開發和劇本撰寫雖然看似是隱形的環節，卻佔了十分重要的地位，因此，好萊塢有許多高薪的劇本開發主管，對故事具有極高的敏銳度，主要工作就是將劇本開發成值得開拍的電影。

本書作者是誰呢？

我無法像其他作者一樣，吹噓自己經手過超級百萬美元銷售額的劇本，但我的實戰經驗豐富，曾受聘於美國和大中華的公司，撰寫和開發許多電影長片的劇本。作為編劇，我在全球兩大電影市場——中國和美國參與許多電影製作，也曾和美國一流媒體公司旗下影視公司合作，開發劇集的試播劇本。我很榮幸能加入美國西部編劇工會（Writers

Guild of America West, 簡稱 WGA，電影、電視、新媒體專職編劇組成的工會）以及美國戲劇家協會（Dramatists Guild of America，為劇作家提供服務的專業組織）。

　　然而，我的創作生涯裡最棒的成就來自劇本工作坊的教學，我曾任教於加州大學洛杉磯分校（UCLA）、西北大學（Northwestern University）、愛默生學院（Emerson College）以及國立臺北藝術大學，我以我的學生為榮，其中有些人為環球影業（Universal）、華特迪士尼公司（Walt Disney Company）和萬達影視撰寫劇本，也有些人撰寫的電視試播集劇本賣到美國廣播公司（ABC）、美國喜劇中心頻道（Comedy Central）以及影音串流「網飛」（Netflix）。許多學生在劇本寫作事業都有不錯的成績，參與了許多知名美劇，如：《末日列車》（Snow Piercer）、《透明家庭》（Transparent）、《檀島警騎》（Hawaii Five-0）、改編自 DC 漫畫的《泰坦》（Titans）、《少年巨石》（Young Rock）、《一家之主》（Man with a Plan）、《芝加哥醫情》（Chicago Med）、《逐星女》（Stargirl）、《威士忌騎士》（Whiskey Cavalier）、《重案組》（Major Crimes）、《諜影行動》（Quantico）、《肯恩醫生煩不煩》（Dr. Ken）、《0:21 超異能英雄再啟》（Heroes Reborn）、《荷伯報到》（The Late Show With Stephen Colbert）等，有些學生成為美國 Random House、Simon & Schuster、Penguin 和 ChronicleBooks 等大出版社的作家，兩位台灣學生的編劇作品甚至獲得金馬獎入圍的（相當於華語電影界的奧斯卡）

肯定，某些過去的學生也持之以恆地創作，相信他們很快就會迎來屬於自己的機會了。但對我而言，重點不是他們有沒有成為專業編劇，寫作是一種生活方式，而那些**非得成為作家不可**的學生，現在肯定正努力將故事訴諸文字，變成一頁頁的劇本，我為所有的學生感到驕傲。

好書一本就夠

本書前半部包含以下內容：故事發想、角色塑造、一頁式條列劇情大綱以及劇本撰寫，後半部則會拆解不斷演化的好萊塢體系，以及針對在全世界引起共鳴的故事分享見解，其中幾個章節會談論到快速成長的中國電影產業，與美國電影產業之間的關係。了解電影以全球的觀點和格局製作會產生什麼影響後，編劇便可以用一種更具包容性和國際觀的角度撰寫故事。首先，為了理解美式敘事吸引全球的觀眾的**原因**，我們會分析中國電影和美國以外的電影，**如何**將自己獨特的文化揉合進故事裡，與世界各地的觀眾接軌。這些箇中道理啟發你創造和開發的電影，不僅能**感動**自己國內的觀眾，還能像上世紀的好萊塢電影一樣能夠讓全球觀眾都**深有同感**。

歡迎來到瘋人院

文明促使我們在人生中小心行事，如果我們像電影裡

的英雄一樣行事瘋狂，這個世界會陷入一片混亂！電影裡的英雄做決定總是隨心所欲，我們現實生活中並不會這麼做，我們受制約的腦袋會極力攔阻，但英雄們滿足了我們內心的慾望，**這就是我們愛他們的原因**。

有人能夠教我們如何**瘋狂**嗎？

好像沒有。但瘋狂可以引導和培養，讓我們一起**重新找回心中的瘋狂吧**！

「與生俱來的瘋狂只有一點，千萬別丟失了。」

—— **羅賓威廉斯**，演員，《心靈捕手》（Good Will Hunting）

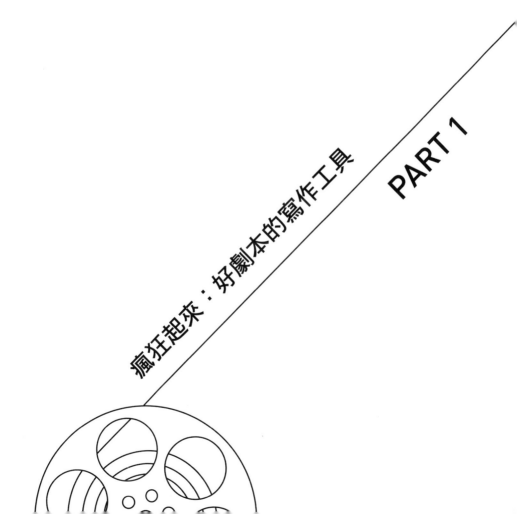

瘋狂起來：好劇本的寫作工具　PART 1

01

農場：耕種故事種子

「藝術家是受惡魔驅使的生物，完全無道德可言，他們會從任何人身上掠奪、借用、乞求或偷竊，只為了完成作品。」
── **威廉福克納**，作家，《彌留之際》（As I Lay Dying）

　　熱情是寫出感人故事的重要元素，但寫作時保有同情心才最重要，熱情比角色重要，同情心會感動讀者，劇本必須先感動讀者，才能變成感動人心的電影，這也是影響劇本銷售的因素。為錢而撰寫劇本當然是個很好的動機，但絕對不能是主要動機，很多劇本書會將重點放在高概念以及如何銷售劇本，市面上有超級多這種書！然而，一味跟隨市場熱潮撰寫劇本，恐怕等你的電影推出時，這個故事點子已經退燒了。不論是效法《哈利波特》（Harry

Potter）的年輕巫師校園生活，或是模仿《暮光之城》（Twilight）中性感吸血鬼大戰六塊肌狼人的題材，兩者都已經吸引不到現今的觀眾了，但你可以想像這些電影推出之時，有多少類似的劇本投入市場。只撰寫市場上當紅的故事，會慢慢消磨掉你的創作靈魂，我知道，靈魂無法填飽你的肚子，也不會付錢給你的經紀人和經理人，你得要販賣劇本和受託創作劇本才能生存，但你投身每個計畫的動機必須是有個不得不說的故事，一個會產生影響的故事，你想說哪個可能會產生影響的故事呢？我知道你在想什麼，他就是假文青、獨立製片那一掛的，才不是，差得遠了！即使是商業電影，也可以注入你想要傳達的訊息。想想《逃出絕命鎮》（Get Out），這部電影在恐怖敘事中，回應了根深蒂固的種族歧視，結果橫掃 2.5 億美元的全球票房，而其製作成本卻只有 450 萬美元！本片編劇兼導演喬登皮爾（Jordan Peele）還因此拿下奧斯卡最佳原創劇本。動作和特效無疑會為觀眾帶來一場絕佳的視覺饗宴，但別指望這些能補足故事缺乏的靈魂和深度，觀眾自己會跟上電影的腳步，他們太聰明了，選項眾多，他們有很多能看的電影，所以你要吸引他們選擇你的電影。

讓我們重頭開始吧！

寫下你親歷與知道的一切⋯才怪

　　除非你的人生像《阿甘正傳》（Forrest Gump）裡一樣精彩，或者有些異於常人的經驗，否則不要盡信「寫下你知道的一切」。你可以從很多親身故事中取材改編成電影，但你的職業生涯不可能全靠這些故事，當然，你可以在其中幾個劇本裡放入自己的故事，一段只有你才寫的出來的感動故事，描寫自己懂的情感是很重要的，你可能不像《黑暗騎士》（The Dark Knight）一樣，是個在高譚市裡打擊犯罪的億萬富翁，但你可能和布魯斯韋恩一樣在幼時經歷過喪親之痛，人們都能理解失去的痛苦，這份感受成就蝙蝠俠，也讓我們能同理他的感受。

　　生活中關於失去的經驗，如何影響你的決定？

　　在準備好面對這些難受的情感前，你該如何將創意注入想寫的故事裡呢？

記得曾經如此瘋狂地⋯

　　在此提供一個快速入門的方法，請坐下或躺下，閉上眼睛，把心靜下來，從鼻子吸氣，短暫停留，再從嘴巴吐出平穩的氣流，同樣的動作重複兩次，
　　睜開眼睛。

回想你的表現符合下列形容詞的時刻：

逾矩
調皮
動了邪念

不是只有想法而已，我指的是實際行動，你做過的事，沒錯，我們要開始面對了，你曾做過的那些瘋狂事！或許你曾和朋友在酒吧裡喝了太多威士忌沙瓦，不小心說出自己的瘋狂經歷，又或者是宿舍深夜談心時說了出來，也許你為此到現在還有罪惡感，甚至深藏心底、害怕再次回想起來，已經塵封多年，現在是時候面對了，除了你以外沒人知道，花五分鐘，寫下來，不要自我審查。

如果你想不起任何事，或者無法選定一件事，那麼試著回想小學時的自己，或著甚至是昨天的自己！別說你不曾逾矩，我們都曾打破社會上對於得體行為的黃金標準，第一次偷竊，背叛心愛的人，親吻好朋友的情人，在門禁時間後偷溜出家門，打破家裡的傳家寶卻嫁禍給妹妹。

假如⋯⋯？

以下是我最瘋狂的逾矩故事，生長在臺北的七歲小孩，對於就讀一年級的他們來說，放學後自己走路回家是再自然不過了。那時，正值颱風季節，我和我最好的朋友繞路

回家，只為了去一個工地玩泥巴，對我們而言，那裡是一個巨大的遊樂場，而不是危險區域。天空越來越黑，我們玩到忘記時間，直到開始下起傾盆的颱風雨。後來我們玩得太晚了，正當我們爬出工地，卻看見一名陌生男子在我們面前處決了一名警察，我們飛快逃離現場，但他已經看到我們的臉了！我的好友和我發誓絕對不會對家人提起這件事，任何人都不行。隔天在學校，身穿警察制服的殺手出現在教室，把我們抓出去「審問」，我們沒有反抗，但沒人會相信我們。當他把我們塞進車裡，我們就知道完蛋了，我們必須逃出這台車，不然我們就死定了 —— 好了，故事暫停，你可能已經發現我在編故事，但其實部分情節是真的，我們發現自己玩得太晚以前的情節都是真的，我們沒有看到警察，也沒有殺人犯，但假如我們有看到的話呢？當然，在工地玩耍很瘋狂，但加入一些非比尋常的情境，像是看到殺害警察的罪犯，就可以構成一部電影的前提。最後，我和朋友都平安回家了，父母也沒有太過擔心，他們只是叫我不要再去工地玩，但我們隔天當然又跑去玩了……

　　將瘋狂元素和假如放在一起，你就會得到一個具有潛力的故事前提，這個前提不僅聽起來像真的，還能發展成電影敘事。

影響

藝術家都很怕被指控抄襲、剽竊別人的點子，發現自己的點子和一部現有的電影很相似，或者感覺已經被用過了，我們就會開始懷疑自己，事實或許如此，

但你還沒有經手過這些故事。

你應該坦然接受從電影或文學中得到的那些很棒的靈感，你問任何一名專業歌手或一支樂團，他們也會告訴你，自己的音樂受其他藝術家影響，但故事是透過你自己獨特的觀點講述的。《世界末日》（Armageddon）和《彗星撞地球》（Deep Impact）有著近乎相同的故事，一群人飛往小行星／彗星，必須與地球相撞前將其炸毀，但這兩部電影有著截然不同的敘事手法。這也是為什麼不能為一個點子申請版權，你只能為那個故事的表達方式申請版權。

家庭

如果覺得想出一個故事很難，可以先從家庭下手，大多數的電影本質上都和家庭有關，世界上每個人也都可以理解，這也是為什麼人們喜愛這些電影，我很喜歡家庭破碎的故事，以及他們如何避免整個家庭分崩離析，例如：《克拉瑪對克拉瑪》（Kramer vs. Kramer）《衝擊效應》

（Crash）《美國心玫瑰情》（American Beauty）這三部電影都抱回了奧斯卡最佳影片。但家庭不只限於原生家庭，《搶救雷恩大兵》（Saving Private Ryan）和《前進高棉》（Platoon）裡像家庭一樣的軍隊也能引起觀眾共鳴；《飛越杜鵑窩》（One Flew Over the Cuckoo's Nest）裡被社會遺棄的精神病患，組成他們獨特的家庭，同樣能夠和觀眾產生連結；《世界末日》這類的強檔電影在感情面上也包含了家庭元素，哈利（布魯斯威利（Bruce Willis）飾）承擔了拯救地球的自殺式任務，為了要獲得女兒的尊重和愛；即使是《噤界》（A Quiet Place）和《鬼哭神號》（Poltergeist）這類的恐怖片，也包含了雙親奮力讓家人存活的情節；《教父》（The Godfather）這類的犯罪電影講述了男人會不顧一切保護家庭的故事；《雨人》（Rain Man）述說兩兄弟童年時因家庭破碎而被迫分離，成年後再度團圓的故事。即便是我曾入圍美國影藝學院尼寇編劇獎決選名單（Nicholl Screenwriting Fellowship -Finalist, Academy of Motion Pictures Arts and Sciences）的犯罪驚悚片劇本《黑街疑雲》（Chalk），也是關於感情疏離的三兄弟，在毒蟲媽媽目擊警察被謀殺後團圓的故事。

毅力

如果你想從一個主題發想故事，不如試試「毅力」這個主題，綜觀許多歷久彌新的美國電影，大部分都在講述

毅力。《阿甘正傳》裡的阿甘（湯姆漢克斯飾）一直深愛著珍妮；-《洛基》（Rocky）裡的洛基（席維斯史特龍飾）總是「貫徹始終」；《浩劫重生》（Cast Away）裡的查克（湯姆漢克斯飾）努力在荒島上生存下來，只為了有天能和太太團圓；《刺激1995》（Shawshank Redemption）裡誤遭定罪的重刑犯安迪（提姆羅賓斯飾）利用牙刷大小的岩錘，從牢房牆壁上開始挖地道越獄，前後花費了19年的時間！

起死回生

我塑造角色的靈感常常來自《洛杉磯時報》，更精確地說，我會在訃聞版四處搜索，看看有哪些特別的人最近過世了，重點是「人」，不是角色，他們的真實人生顯然有趣到足以發展成一篇專文。有時某人的生活核心足以啟發你創造出某個角色，甚至是某個故事，我大多會受他們生活中的某個面向所吸引，任何激起感受或吸引目光的元素，我都會草草記下，這些元素往後都可能會起死回生，可能是下個月、隔一年，甚至是下個十年。

經過時間發酵

當你腦中出現關於劇本的想法，趕快寫下來！不管這些點子有多好，不論你的記憶力多好，你一定會忘記它們，

相信我，當你寫下這些點子，你會覺得自己要為其負責，創意需要時間發酵，這些點子在你的腦子裡放了一段時間後，會更有味道。我身上總帶著三本小筆記本，一本記錄角色，一本記錄故事，一本記錄對白，我把日常生活中或者閱讀過程中，與我產生共鳴的人、點子和對白簡單記錄整理起來。如今已經是數位時代，你可以使用智慧型手機記錄，現代人與智慧型手機密不可分，你甚至可以先將點子錄音下來，晚點再將它們打成文字記錄。如果你和我一樣是科技白痴，電子郵件就是個好工具，你可以設立一個專門存放點子的郵件帳號，如此一來，這些點子就不會堆放在你常用的個人信箱，甚至從此消失。編劇兼導演賈德阿帕托（Judd Apatow）在拍攝喜劇長片《40 處男》（The 40-Year-Old Virgin）時，同時也在用他的黑莓機，透過電子郵件將《好孕臨門》（Knocked Up）的初步構想和故事架構傳給自己，我好想念那些酷炫的鍵盤。請記得在信件主旨標明<u>角色、故事和對白</u>，以利搜尋和分類，同一封郵件也可以用來寄送劇本草稿的備份，使用你覺得有效的方式記錄，只要確認自己有一套整理系統。每當你在文章、書籍或朋友的奇聞軼事中發現一些動人或有趣的事，將這些事分別記錄在筆記本中或電子裝置裡，這些故事片段大多不完整，只是生活裡的某個切面，你對這個故事片段有感覺，其中一定有些元素能夠轉換成情感，有時故事會在你寫下其開端多年後，蛻變成一個有潛力的劇本。

撰寫劇情概要

當一個電影概念或點子在你腦海裡已經成形，下一步就是將其化作劇情概要，英語文學系畢業的我會形容劇情概要就是一部電影的命題，可以參考看看電影網站 Fandango 或者維基百科。劇情概要以一至兩行最為理想，選一部和你打算撰寫的劇本相近的故事或電影類型，研究一下其劇情概要是如何撰寫的，劇情概要不只是為了行銷電影，而是簡略說明你的劇本內容，這會是從劇本開發到電影發行，製片、導演、演員、經紀人和經理人參考的依據，寫完劇情概要後，讓幾個朋友過目一下，問問他們是否願意掏出自己辛苦賺的 20 美元，走進電影院觀賞你執筆的電影，你可以把劇情概要看作劇本的預告片，用最少的文字說明最多的內容，下一章節在說明電影類型時會提供一些範例供參考。

你會為了什麼付出一切？

你現在手上有幾個故事的劇情概要，希望將其發展成劇本，但你怎麼評估現在要全力開發哪個故事呢？這時你可以詢問經理人和經紀人的意見，如果你沒有經理人或經紀人，你可以問問自己：你會為了什麼付出一切？你寫的每個劇本都應該隱含你想傳達的訊息，這個訊息不必很有深度或很哲學，只要確定你不是在說教，與其想出一個很

酷的電影構想，不如想想，你想透過你的故事分享什麼樣的價值觀或見解。電影應該要娛樂觀眾，沒錯，但是這不表示不能兩者兼具，這部電影有其重要性嗎？這部電影會與觀眾產生共鳴嗎？

如果這是我撰寫的最後一個劇本呢？

請用最謙卑的態度看待這句話：創作出作者過世後也能永久流傳的故事。

招牌菜：流派

「電影類型不是我創作的先決條件，我習慣先選定故事題材，
再決定搭配什麼樣的電影類型。」
—— **李安**，導演，《少年 Pi 的奇幻漂流》（Life of Pi）

　　如果你喜愛觀賞某一類型的電影，那麼你就有辦法寫
出同一類型的電影！如果你看某一類型的電影特別有感
覺，那麼你也有辦法打造那一類的電影，但請不要在同
一部劇本內放入太多種電影 —— 類型，不要將《火線追緝
令》（Se7en）融合《當哈利碰上莎莉》（When Harry Met
Sally），再加上一點《精靈總動員》（Elf）。劇本不該像是
賭城的自助吧，劇本應該像是焦點集中的三道菜正式西餐，
雖然我很喜歡賭城自助吧多元的菜色，但我必須阻止自己

寫出自助吧式的劇本。

你可能覺得自己擅長撰寫劇情片，但可能也發現自己可以寫出懸疑驚悚片和恐怖片。當你在寫前幾部劇本時，很適合探索不同的電影類型，一旦選定了喜歡撰寫的電影類型，那個可以集你的創作於大成的電影類型，請固定這種類型繼續寫下去。如果你寫的恐怖片成功吸引大眾注意，你可能也會想寫另外一部恐怖片或驚悚片，但不要 180 度大轉彎去寫一部浪漫喜劇，我知道你一定可以寫出一部很棒的浪漫喜劇，但試想看看，如果今天你是需要動腦部手術的病人，你會請一名精神科醫師幫你動手術嗎？我知道他們都是有執照的醫生，擔任住院醫師時也有在不同的科別實習過，我不知道你怎麼想，但我覺得還是讓腦科專家執刀比較好一點。

值得研究的電影

下方是一些類型電影的範例，但沒有加上子分類，因為我想要專注在主要的類別上，你覺得你的劇本集合了很多電影類型嗎？選一種就好！趕快決定！恐怖片就是恐怖片，或許像《驚聲尖叫》（Scream）和《逃出絕命鎮》一樣帶有喜劇色彩，但恐怖片還是其核心。

我為每種電影類型歸納出其特有的關鍵要素，舉出三部電影作為範例，附上劇情概要以及敘事架構範例，還一併附上相關的全球票房數字，顯示這些電影吸引全球觀眾

的程度，請不要看到「票房」這個名詞出現，就誤以為和商業有關，票房數字只是簡單反映多數觀眾的接受程度，奧斯卡提名和獲獎與全球票房一樣僅供參考。

* 入圍奧斯卡最佳影片或最佳外語片

** 榮獲奧斯卡最佳影片、最佳動畫長片或最佳國際影片

票房數字來源：www.BoxOfficeMojo.com

動作片

哪些大型動作場面會剪進預告片裡？這些動作場面必須要夠新穎、令人印象深刻，讓觀眾走出電影院後還是會不斷討論。

*《阿凡達》（Avatar, 2009）

退役海軍士兵（山姆沃辛頓飾）被迫深入充滿外星生物的星球作戰，處於阿凡達形態的他，必須在自己的性命和島上特有種的生存之間抉擇。

全球累積票房：27 億 8796 萬 5087 元（美元）

《飢餓遊戲》（The Hunger Games, 2012）

在一個反烏托邦的未來世界，小孩會被選為「貢品」，參加一場實況轉播的死亡決鬥，一名少女（珍妮佛勞倫斯飾）自願代替妹妹成為貢品，前往都城受訓和參加遊戲。

全球累積票房：6 億 9439 萬 4724 元（美元）

《黑暗騎士》（The Dark Knight, 2008）

　　蝙蝠俠（克里斯汀貝爾飾）正面迎擊犯罪集團首腦小丑，主張無政府主義的小丑即將讓高譚市陷入混亂。

　　全球累積票房：10 億 493 萬 4033 元（美元）

動畫

　　故事為什麼需要變成動畫？將電影預想成動畫還不夠，電影裡的故事、角色和世界，哪個部分是真人實景特效捕捉不到的？

**《可可夜總會》（Coco, 2017）

　　一名 12 歲的小男孩意外穿越到亡靈世界，在那裡，他向曾是音樂人的高祖父求助，希望他能幫忙自己回到人間和家人團聚。

　　全球累積票房：8 億 708 萬 2196 元（美元）

**《天外奇蹟》（Up, 2009）

　　一名鰥居老翁將房子綁上幾千顆氣球，為了實現前往南美洲探險的夢想，以及完成對過世妻子的承諾。

　　全球累積票房：7 億 3509 萬 9082 元（美元）

**《動物方城市》（Zootopia, 2016）

　　在一座哺乳類生活的大城市，看似宿敵的兔子警官和

騙子狐狸組成搭檔，即將揭開掠食者居民接二連三消失的真相。全球累積票房：10 億 2378 萬 4195 元（美元）

喜劇

人的內心到底是怎麼一回事？喜劇無論其笑點多誇張，都必須要牽動觀眾的情緒，主角終於學到教訓後，也必須讓觀眾在大笑過後能夠感同身受，如果觀眾無法感同身受，那麼這部電影也不過是充斥著一系列的搞笑花招罷了，滑稽的場面可以幫助你推銷劇本，但真正花錢進電影院的觀眾並不會買單。

*《一路到底：脫線舞男》（The Full Monty, 1997, 英國電影）

失業的鋼鐵工人（勞勃卡萊爾飾）召集前同事組成脫衣舞男團，全身脫光光只為了多賺點錢，以利爭取兒子的共同監護權。

全球累積票房：2 億 5793 萬 8649 元（美元）

《小鬼當家》（Home Alone, 1990）

一名八歲男童（麥考利克金飾）意外被飛往巴黎過聖誕假期的全家人忘在家，落單的他必須要獨自擊退兩名強盜。

全球累積票房：4 億 7668 萬 4675 元（美元）

* 《囍宴》（The Wedding Banquet, 1993, 臺灣電影）

　　一名旅居美國的臺灣男子為了取悅父母，決定與一名中國女子結婚讓她獲得綠卡，但計畫卻在父母抵達美國參加喜宴時生變，他同時還得隱藏自己有男朋友的事實。

　　全球累積票房：2360 萬元（美元）

犯罪片

　　被冤枉或出賣的感受驅使反派角色或主角同夥背叛主角。

** 《神鬼無間》（The Departed, 2006）

　　一名警察（李奧納多迪卡皮歐飾）滲透進南波士頓愛爾蘭黑手黨蒐集情報，另外也有一名黑幫成員臥底在警察組織打探情資，兩人必須在身分洩漏前查出對方的身分。

　　全球累積票房：2 億 9146 萬 5034 元（美元）

《玩命關頭 8》（The Fate of the Furious, 2017）

　　街頭賽車手（馮迪索飾）遭一名神秘女子色誘進入恐怖主義的世界，他的隊員們即將面臨前所未有的考驗。

　　全球累積票房：12 億 3600 萬 5118 元（美元）

** 《教父》（The Godfather, 1972）

　　黑道家族裡的族長遇刺後，他最年輕的兒子（艾爾帕

西諾飾）從不願涉入家族事務的邊緣人，蛻變成無情的黑幫老大。

全球累積票房：2 億 4506 萬 6411 元（美元）

劇情片

不管是離婚、分離或死亡，失去的痛苦總能成為故事前提，或是驅使主角做某些事情。

**《送行者：禮儀師的樂章》（Departures—Okuribito, 2008, 日本電影）

一名年輕人（本木雅弘飾）在大提琴事業失敗後回到家鄉，意外成為日本葬禮的禮儀師，周遭的人因此對他產生偏見，老婆更是無法諒解。

全球累積票房：6993 萬 2387 元（美元）

**《美麗人生》（Life Is Beautiful—La vita è bella, 1997, 義大利電影）

猶太裔義大利籍書店老闆（羅貝托貝里尼飾）運用自己豐富的想像力，在關押集中營期間保護兒子不受恐懼影響。

全球累積票房：2 億 2916 萬 3264 元（美元）

《雨人》（Rain Man, 1998）

汽車銷售員（湯姆克魯斯飾）與父親關係決裂，但他在父親的葬禮上遇見自己素未謀面、罹患自閉症的哥哥，並發現父親將所有遺產都留給哥哥。

全球累積票房：3 億 5482 萬 5435 元（美元）

奇幻片

建構一個電影世界時，從一開始就要為敘事和角色設立規則，這些規則必須想得很清楚，但要避免電影裡出現過多的說明。

《臥虎藏龍》（Crouching Tiger, Hidden Dragon — Wo Hu Cang Long, 2000, 臺灣電影）

19 世紀中國正值清朝統治，大俠（周潤發飾）將自己的劍託付愛人轉交至保管處，但劍卻在一夕之間不見了，一場尋劍追逐戰就此展開。

全球累積票房：2 億 1352 萬 5736 元（美元）

《哈利波特：神秘的魔法石》（Harry Potter and the Sorcerer's Stone, 2001）

孤兒男孩（丹尼爾雷德克里夫飾）進入巫師學校就讀後，開始知道關於自己和家庭的一切，更得知了一名令魔法界聞風喪膽的惡魔。

全球累積票房：9 億 7505 萬 1288 元（美元）

《神鬼奇航：鬼盜船魔咒》（Pirates of the Caribbean: The Curse of the Black Pearl, 2003）

鐵匠（奧蘭多布魯飾）與舉止怪異的海盜合作，要從永生不死的骷髏海盜手中解救愛人。

全球累積票房：6 億 5426 萬 4015 元（美元）

恐怖片

你想像中最可怕的場面，有時可能伴隨著揮之不去的過去一起出現。

*《大法師》（The Exorcist, 1973）

青少女遭不明靈體附身，年輕神父（傑森米勒飾）試著為她驅魔。

全球累積票房：4 億 4130 萬 6145 元（美元）

《逃出絕命鎮》（Get Out, 2017）

年輕非裔男子（丹尼爾卡盧亞飾）與白人女友家人見面，意外揭開一個令人不安的祕密。

全球累積票房：2 億 5540 萬 7663 元（美元）

*《靈異第六感》（The Sixth Sense, 1999）

兒童心理學家（布魯斯威利飾）嘗試幫助一名孤僻的

問題男童，這名男童可以看見並與鬼魂對話。

全球累積票房：6 億 7280 萬 6292 元（美元）

音樂歌舞片

角色起初被困在一個地點或陷入某個情境，最終成功掙脫。

《曼哈頓奇緣》（Enchanted, 2007）

公主（艾美亞當斯飾）遭邪惡皇后陷害，從傳統的動畫世界來到真人實景的紐約市，愛上了一名身為律師的單親爸爸。

全球累積票房：3 億 4048 萬 7652 元（美元）

《大娛樂家》（The Greatest Showman, 2017）

一名具有遠見的馬戲團經紀人白手起家，創造出令全球為之狂熱的表演，也為娛樂產業揭開序幕。

全球累積票房：4 億 3499 萬 3183 元（美元）

* 《樂來越愛你》（La La Land, 2016）

爵士鋼琴手（萊恩葛斯林飾）在洛杉磯邂逅並愛上了一名充滿抱負的女演員，兩人一同為了自己的夢想而努力。

全球累積票房：4 億 4609 萬 2357 元（美元）

歷史片

　　如果是真實故事，找出最有電影感的片段寫成電影，而不是將所有故事都塞進電影裡。這個片段如何與現今社會場景相映？為什麼這個故事與現代觀眾有關？

**《神鬼戰士》（Gladiator, 2000）

　　前羅馬將軍（羅素克洛飾）慘遭道德敗壞的皇帝滿門抄斬，淪為奴隸的他透過角鬥士競技尋求復仇。

　　全球累積票房：4 億 6058 萬 3960 元（美元）

*《關鍵少數》（Hidden Figures, 2016）

　　非裔女數學家（泰拉姬漢森飾）在美國早年的太空計畫中負責計算工作，成為美國太空總署首度送太空人上宇宙的幕後功臣。

　　全球累積票房：2 億 3595 萬 6898 元（美元）

**《辛德勒的名單》（Schindler's List, 1993）

　　德國商人（連恩尼遜飾）在二戰期間雇用猶太難民到他的工廠工作，讓超過一千名猶太人免於大屠殺殘害。

　　全球累積票房：3 億 2213 萬 9355 元（美元）

浪漫愛情片

我們對於愛情的看法是根深蒂固的，你對愛情有什麼見解？你如何看待愛情？你對愛情的看法和自己的家庭、過去和現在又有什麼關聯？

*《一個巨星的誕生》（A Star Is Born, 2018）
知名音樂人（布萊德利庫柏飾）幫助一名年輕歌手成名，但年紀和酗酒習慣卻讓他的事業逐漸走下坡。
全球累積票房：4 億 2982 萬 3201 元（美元）

**《鐵達尼號》（Titanic, 1997）
十七歲的貴族少女（凱特溫斯蕾飾）登上悲劇性的奢華郵輪鐵達尼號，愛上了一名心地善良的貧窮畫家。
全球累積票房：21 億 8746 萬 3944 元（美元）

《二見鍾情》（While You Were Sleeping, 1995）
生性浪漫的地鐵售票員（珊卓布拉克飾）陰錯陽差成了一名昏迷病人的未婚妻。
全球累積票房：1 億 8205 萬 7016 元（美元）

科幻片

科幻片反映了人們對科學的依賴和無知，相關議題如：

科技、環境、複製技術、外星生物等。

*《異星入境》（Arrival, 2016）

十二艘神秘太空船在世界各地降落，語言學家（艾美亞當斯飾）受軍方之託，尋求與外星生物溝通的可能性。

全球累積票房：2 億 338 萬 8186 元（美元）

《變形金剛 3》（Transformers: Dark of the Moon, 2011）

博派和狂派為了取得墜落在月球上的重要發明而爭執不下。

全球累積票房：11 億 2379 萬 4079 元（美元）

《魔鬼終結者》（The Terminator, 1984）

一名生化人被送回過去暗殺一名女服務生，因為她尚未出生的兒子將會發動人類抵抗軍和機器軍團之間的戰爭，而參與這場戰爭的軍人（麥可比恩飾）同時也被派去保護女服務生。

全球累積票房：7837 萬 1200 元（美元）

驚悚片

「事情不會總像表面看上去的那樣。」主角因祕密或黑暗的過去遭到揭露，而感到愧疚和脆弱。

《謎樣的雙眼》（The Secret in Their Eyes — El secreto de sus ojos, 2009, 阿根廷電影）

書記官（瑞卡多達倫飾）退休後拾筆撰寫小說，希望藉此在心中了結過去無解的他殺案件，以及一段不求回報的愛情。

全球累積票房：3396 萬 5279 元（美元）

《火線追緝令》（Se7en, 1995）

年屆退休的警探（摩根費里曼飾）與他的繼任者搭檔，聯手追捕以「七宗罪」佈局的連續殺人犯。

全球累積票房：3 億 2731 萬 1859 元（美元）

《沉默的羔羊》（Silence of the Lambs, 1991）

FBI 實習女幹員（茱蒂佛斯特飾）為了逮捕總是將女受害者剝皮的連續殺人犯，必須前往監獄向一名曾是精神科醫師的食人魔尋求建議。

全球累積票房：2 億 7274 萬 2922 元（美元）

《寄生上流》（Parasite, 2019）

生活貧窮的一家人用盡心機，一個接著一個，滲透進不知人間疾苦的上流家庭裡工作。

全球累積票房：2 億 5800 萬元（美元）

03

激發故事：
主角（Protagonist）與對手（Antagonist）

「演戲不是讓自己變成另一個人，而是異中求同，從角色裡
找到自己。」
── 梅麗史翠普（Meryl Streep），演員，《蘇菲的抉擇》
（Sophie's Choice）

　　人們一看再看的電影，劇情不一定多麼高潮迭起，如
果你剖析自己喜愛的電影，其劇情線通常平淡無奇又沒有
記憶點。舉例而言，在電影《一路順瘋》（Planes, Trains,
and Automobiles）裡，自私的商人（史提夫馬丁飾）從紐
約一路趕回芝加哥，鐵了心要趕上感恩節晚餐，這故事線
聽起來也沒有多吸引人，但當觀眾發現自己也能感同身受
時，商人和笨手笨腳旅伴戴爾（約翰坎迪飾）碰撞出的火
花，讓整部電影變得令人難忘。主角和對手是故事裡很重

要的因素，他們是能夠和觀眾擦出火花、吸引觀眾注意的關鍵，如果角色沒有塑造好，不管敘事再怎麼巧妙，電影都會淡然無味。

電影英雄

這個名詞不限於穿緊身衣的超級英雄，還包括沒那麼「超級」的英雄，美國電影總會讓你相信自己可以做到任何事，達成任何目標，觀眾十分相信這種力量，平凡人就可以挺身而出，從事英雄般的行為。湯姆漢克斯演員生涯的成就，一大部份來自扮演成就大事的平凡男子，他演過的角色如：《間諜橋》（Bridge of Spies）裡談判間諜交換的保險律師，或者是《搶救雷恩大兵》（Saving Private Ryan）裡曾為老師的軍營連長，他們的行為都不合乎社會規範，畢竟遵守規範的日常生活反而讓我們失去力量，這也是為什麼我們很崇拜平凡英雄。小孩子都感覺自己是無敵的，可以做任何事，我們完全無法阻止他們，但隨著年紀越大，越容易怕東怕西，成人要承擔的後果比孩提時期多，我們有各種義務，我們知道風險的存在，我們可能會付出的代價更大。成人會盡量不作自己，因為他們太在乎別人怎麼想，而電影英雄做出的行為，是觀眾希望自己能夠做到的事，現代文明讓人們習慣被動，以利維持社會的和諧，這也是為什麼如果我們每個人都效法對手角色的話，整個社會可能直接陷入混亂！

當我們在漆黑的電影院裡，看著電影裡的主角，我們總會默默支持著在主角身上看到的自己。我們希望擁有他們的勇氣，渴望得到他們的自信，希望自己可以擁有或曾經擁有的特質，希望自己尚未失去的個性。市面上有許多勵志大師和研討會，旨在幫助我們變得更強大，這反映了現代社會中的我們有多麼徬徨。

一名主角 —— 一個目標 —— 一個理由

一部電影只有一名主角，他們是電影主要的驅動力，或許還有一個「搭檔」的角色，和主角是一夥的，在電影裡佔的篇幅也不少，但是那個唯一驅動故事前進的主角必須突顯出來。如同電影裡只有一個主角，整部電影裡也只能有一個目標，這個目標必須包含很大的代價，且在電影一開始就交代清楚，準確來說，大約是在電影前 30 至 35 分鐘之間或第一幕。主角必須為了某個目標奮戰，這才是電影的核心，全球觀眾已經很習慣在美國電影裡看見主角有個遠大且明確的目標，這是觀眾期待看到的。

主角想在人生中的這個時間點，完成這個唯一的目標，這也奠定了電影的情節和結構，產生了電影的敘事，廣大的觀眾群也能夠同理。主角的目標不能是一個很小的願望，舉例而言，在《即刻救援》裡，布萊恩・密爾斯（連恩尼遜飾）整部片都在嘗試救出在歐洲的青少年女兒，這個目標沒有被岔開，觀眾完全能同理其行為背後的理由，為了

解救自己的女兒，你可以做任何事，但身為一名腳踏實地且奉公守法的好公民，你不會親自處理這件事，你會讓執法單位的專業人士做他們該做的事，我們非常崇拜連恩尼遜能夠隻身前往巴黎，滲透進人口販子的圈子裡解救女兒，這也是觀眾在乎並為他加油打氣的原因，我們多希望自己能像他一樣，瀟灑地說聲「去你的」。主角為了他們的兒子、女兒或老婆奮鬥，這個目標聽起來很熟悉嗎？沒錯！《終極警探》（Die Hard）裡的約翰麥克連（布魯斯威利飾）奮力營救被劫為人質的妻子；《致命武器》（Lethal Weapon）裡的莫陶（丹尼葛洛佛飾）奮力營救慘遭綁架的女兒；《特務間諜》（Salt）裡的莎特（安潔莉娜裘莉飾）奮力營救她的丈夫。你很少看到主角拼命拯救遠房表哥或叔叔——除非那個叔叔對主角來說就像父親一樣，主角的目標看似老派……卻很容易同理。

那會怎樣？ 可能的代價

現實生活裡，每個決定背後都有理由，但在電影世界裡，理由只有一個，讓觀眾感受到其中牽扯的利益與代價，也就是說，如果主角沒有完成目標會發生什麼事？如果主角沒什麼好失去的，即使失敗也不需承擔後果，觀眾便會對角色和他們的旅程失去興趣。因此，寫作過程中要不斷問自己「那會怎樣？」，如果《新娘百分百》（Notting Hill）裡的書店老闆威爾（休葛蘭飾）最後沒有在電影記者

會上，向電影明星安娜（茱莉亞羅勃茲飾）表白的話會怎樣呢？他會失去一生摯愛！我們這些無可救藥的浪漫主義者完全支持他的作法；如果《可可夜總會》（Coco）裡的男孩米高沒有找到亡靈世界中的高祖父會怎樣？他可能永遠回不了人間；如果《回到未來》（Back to the Future）裡的馬帝（米高福克斯飾）無法讓他的雙親相愛會怎樣？那麼他就會從這個世界上消失！

注意到了嗎？主角的代價雖然顯而易見，卻和主角的行為息息相關，下面兩個例子也可以充分解釋代價的重要性。《一路到底：脫線舞男》中的蓋茲（勞勃卡萊爾飾）為了兒子的共同監護權而脫衣賺錢；《窈窕奶爸》（Mrs. Doubtfire）裡的丹尼爾（羅賓威廉斯飾）女扮男裝成褓母，只為了多花點時間陪小孩，想要待在孩子身邊這個動機是觀眾能夠感同身受且願意買單的。

解析主角

主角從電影中的第一次亮相開始，就會展現出三個特質：

技能

電影必須介紹主角的技能，因為此技能在往後某個時間點會幫助主角達成目標，通常會透過介紹主角的工作，讓觀眾了解主角的技能，因此，主角的工作必須精心設計

過，才能在故事裡看起來有理。

缺點

你可以選擇放入概念上或實際上的缺點，想想看你身邊的人有哪些缺點，同事、家人和朋友都可以，他們哪些缺點讓你覺得很煩，甚至可能危害你們之間的關係呢？

需求

主角通常察覺不到自己的需求，但是觀眾卻能輕易看出，主角的需求和缺點是緊緊相依的。雖然觀眾從一開始就知道主角的需求，但主角通常要到電影快結束時才能體認到，而觀眾會支持主角去改正這個缺點。

故事曲線

故事曲線是主角滿足需求的過程，也是他們改正缺點的過程，主角的轉變會讓觀眾在情緒上獲得滿足，並且因為主角的轉變而更喜歡他們，下面這種例子你一定看過很多次，而且每次都會成功！自私的父母只在乎事業而忽略孩子，他們需要體認到花時間陪孩子比事業還重要，舉例而言，《王牌大騙子》（Liar Liar）裡的佛萊契（金凱瑞飾）長期忽視他的兒子，只為了贏得一樁官司，成為法律事務所的合夥人；《男人百分百》（What Women Want）裡的尼克（梅爾吉勃遜飾）與正值青春期的女兒感情疏離，他一心只想拿到廣告合約好讓自己能夠升遷。兩位主角最後

都體認到，孩子比工作還重要，這個觀念很簡單，不管來自哪個國家的觀眾都能理解。

老套之所以為老套是因為每次都會成功。

電影就是圍繞著主角的故事曲線展開的，美國電影大多是如此，但其他國家的電影就不一定了。故事曲線是電影組成的核心，許多非美國電影裡的主角都一成不變，導致無法讓全球觀眾都產生共鳴，這些電影裡的主角從頭到尾都是完美的英雄，或者他們的缺點太多了，怎麼樣都改正不完，如果主角沒什麼改變空間，也不會激起觀眾想要支持他們的慾望。現實生活裡，人們大多是不會改變的，所以我們觀賞電影就是想要得到：

希望。

這個希望建立在主角與周遭的人之間的關係，我們不想看到「完美的」主角，沒人能感同身受。

這是誰的故事？

在一部搭檔電影裡，要找出誰是主角是個挑戰，因為所有角色都朝著同一目標前進，但其實也不難，這個故事屬於推動故事前進、可能會付出最多代價的角色。

《尖峰時刻》（Rush Hour, 1998）：

李督察（成龍飾）是主角，不是卡特（克里斯塔克飾）。成龍積極營救中國大使遭綁架的女兒，必須為她的安危負責，而克里斯塔克在整個調查過程裡沒什麼好失去的。

《致命武器》（Lethal Weapon, 1987）：

莫陶（丹尼葛洛佛飾）是主角，不是瑞格斯（梅爾吉勃遜飾）。丹尼葛洛佛是積極調查毒販的人，就是因為這個毒販，他越戰同袍的女兒才會吸毒過量身亡，壞人甚至還綁架了丹尼葛洛佛的女兒！丹尼葛洛佛必須付出的代價太高了，相較之下，梅爾吉勃遜只是有自殺傾向而已，其他沒什麼好失去的，主角就是那個很可能失去一切的角色。

《沉默的羔羊》（Silence of the Lambs, 1991）：

聯邦調查局實習幹員克麗絲（茱蒂佛斯特飾）是主角，不是幫助她找出連續殺人犯的漢尼拔。茱蒂佛斯特才是積極尋找犯人下落的角色，如果她沒及時找到殺人犯，一名無辜的年輕女性將會因此喪命。

一名對手 —— 一個目標 —— 一個理由

電影裡只有一名主角，也只能有一名對手，對手是電影裡唯一一個目標和主角完全背道而馳的人，避免將對手的特質分散在不同角色上，選定一個強而有力的對手。每部偉大電影裡的對手都會推動敘事情節，他們是主角每次

都必須排除的路障，

電影少了強而有力、精心設計的對手，頂多只能算是中庸之作。

不論對手出場的時間多久，都必須是複雜多元的角色，他們不能像《王牌大賤諜》（Austin Powers）裡的邪惡博士，或者老派 007 電影裡的反派一樣，只為了邪惡而邪惡。對手不能淪為笨蛋，給對手多一點愛和關懷，如同你在塑造主角一樣，對手必須保有自己的價值觀，而且在他們腦中這套價值觀是合理的，差別只在於觀眾是站在主角的立場，觀眾是透過主角的眼睛經歷電影裡的一切，主角代表了觀眾，但在對手的眼中，自己不是「壞」，他們的世界觀是很合理 —— 只是背離現實社會而已，觀眾越能進入對手的思維模式，故事裡的衝突就會越有張力。

「你和我並沒有那麼不同」

聽過某部電影裡的對手說過類似的話嗎？或者類似「我終於棋逢對手了」這類的台詞？最容易和主角產生火花的對手，本質上就是主角的邪惡化身，他們骨子裡是同一個角色！《火線追緝令》裡，沙摩塞警官嚴謹理性的特質，和連續殺人犯約翰杜如出一轍，兩人都致力於掃除世界上的罪孽，只不過約翰杜近乎精神失常，殘忍地謀殺曾

犯下罪過的人，希望達到殺雞儆猴的作用；《動物方城市》裡，主角兔子警官哈茱蒂（珍妮佛古德溫配音）和壞蛋楊咩咩副市長（珍妮斯蕾特配音）都是身型嬌小的動物，都因為過去曾遭獵食者羞辱而對他們不屑一顧，但是楊咩咩更偏激，制定邪惡計畫企圖將所有獵食者滅口；《異形》（Aliens）裡，蕾普莉（雪歌妮薇佛飾）如同母親般保護著唯一生還的女孩，異形母后也是如此保護她的幼蟲，異形母后可以殺光全人類只為了保護自己的幼蟲！《動物方城市》和《異形》是兩部截然不同的電影，但兩者的對手都和主角相似。

對手必須和主角具有相同的特質，《星際大戰》（Star Wars）裡，路克天行者（馬克漢米爾飾）和黑武士一樣都是絕地武士，更驚人的是，他們居然是父子！我們可能不知道身為絕地武士是什麼感覺，但我們一定懂得父子之間的情感流動。讓對手偏激一點，不要有所保留，讓他們更有態度、技能滿點，讓他們膨脹到不同凡響，讓觀眾從電影一開始就感受到主角要克服重重困難，讓主角感覺自己無法打敗對手，如同：《小子難纏》（The Karate Kid）裡眼鏡蛇道館的空手道學徒強尼（威廉柴巴卡飾），《洛基》裡的阿波羅·克里德（卡爾韋瑟斯飾），《復仇者聯盟 3：無限之戰》（Avengers: Infinity War）裡的薩諾斯（喬許布洛林飾）。如果覺得對手實在太囂張，讓他們收斂會比誇大來得容易。

創造對手及／或壞蛋時，一定要進入他們的思維模式，

透過他們的視角看電影，不管他們做什麼都是合理的，用切入主角的方式切入對手，只有這樣才能讓主角和對手間的衝突更加真實，《神鬼戰士》裡的康莫德斯（瓦昆菲尼克斯飾）只想得到皇帝父親的愛和認同而已，誰沒辦法同理他的的心境呢？但是他父親卻寧可選擇羅素克洛，也不讓自己的親身骨肉繼承皇位，瓦昆菲尼克斯用一種幾近瘋狂的方式面對他的父親情結，但在他腦中是完全合理的。對手的用意在提醒觀眾，如果主角沒有達到從電影一開始就設定好的敘事目標，需要付出什麼代價。如果羅素克洛沒有殺死瓦昆菲尼克斯，那麼他的家人就白死了，整個羅馬也會繼續墮落下去，更多無意義的謀殺和枉死也不會停止。

對手必須是個角色，但不一定要是人類，他們可以是外星人、怪獸、機器人或野獸，也可以是組織機構，或者對手其實就是「主角本身」。

如果想在主角心中創造一個對手，那麼《鬥陣俱樂部》（Fight Club）能夠快速幫你避免常見錯誤。泰勒（布萊德彼特飾）是藏在敘事者（艾德華諾頓飾）身體裡的對手，這個劇情轉折一路潛伏直至電影接近尾聲，觀眾才發現兩個角色其實是同一個精神分裂患者，值得注意的是，布萊德彼特如何被形塑成另一個具體角色，而不是一個沒有形象的物體。

例外情況，當然也有！

凡事皆有例外，例如《浩劫重生》（Cast Away）和《天搖地動》（The Perfect Storm），這兩部電影裡的對手就不是角色，阻礙主角回家的因素是大自然，但在眾多經典且令人難忘的美國電影裡，對手百分之九十九都是以角色形式呈現。

壞蛋

「對手」和「壞蛋」是有差別的，有時對手會是壞蛋，如果電影裡兩者皆具的話，對手會是做出實際動作的角色，而壞蛋出場時間比較少，壞蛋是主角必須在電影結束前擊敗的對象，不論是抽象或實際的人事物。舉例而言，《竊盜城》（The Town）裡，FBI 幹員佛羅利（喬漢姆飾）是為了銀行搶案追捕馬克雷（班艾佛列克飾）的對手，但真正的壞蛋是費基（彼得普斯特李威飾），他控制了馬克雷的一舉一動，甚至還是讓馬克雷的母親服毒過多致死的兇手。

《星際大戰》（Star Wars, 1977）：
黑武士是在整部電影裡，持續和馬克漢米爾以及反抗軍對戰的對手，他希望馬克漢米爾加入黑暗勢力，只有這樣他們才能父子團聚，但馬克漢米爾的目標是殲滅黑暗勢力。真正的壞蛋則是銀河帝國的控制狂皇帝，他命令黑武

士置反抗軍於死地。

《關鍵報告》（Minority Report, 2002）：
　　司法部幹員威沃（柯林法洛飾）是追捕安德頓警長（湯姆克魯斯飾）的對手，因為安德頓在未來犯了罪。但真正的壞蛋其實是湯姆克魯斯的師父——預視犯罪局的創辦人兼局長伯傑斯（麥斯馮西度飾），他陷害了湯姆克魯斯。

《絕命追殺令》（The Fugitive, 1993）：
　　吉拉德法官（湯米李瓊斯飾）是對手，他追捕涉嫌殺害妻子的金波醫生（哈里遜福特飾），但真正的壞蛋是金波醫生的同事尼柯斯，他策劃了整起兇殺案。

劇情片和浪漫喜劇又該怎麼處理？

　　科幻片、恐怖片、驚悚片和動作片裡都很容易創造對手，那麼劇情片和浪漫喜劇呢？切記，對手是持續不斷且直接阻礙主角達成目標的角色，

　　他們不一定是「壞人」。

《雨人》（Rain Man, 1988）：
　　湯姆克魯斯千方百計前往洛杉磯，就是為了取得自閉症哥哥雷蒙（達斯汀霍夫曼飾）的監護權，藉此控制哥哥

名下的財產，但是雷蒙對飛機和高速公路的不理性恐懼，
卻不斷阻礙湯姆克魯斯前往洛杉磯。

《阿甘正傳》（Forrest Gump, 1994）：

湯姆漢克斯希望得到珍妮（羅蘋萊特飾）的愛，為了
追求她的心，湯姆漢克斯去到世界各地，但是羅蘋萊特還
是那個對手，因為她不願意給湯姆漢克斯愛與承諾。

《新娘百分百》（Notting Hill, 1999）：

休葛蘭想要贏得茉莉亞羅勃茲的愛，但她卻無法全心
愛他。

現在你看過了許多主角和對手的範例，下方列出一些
可以幫助你在劇本中創造他們的工具。

傳記

你應該要熟悉主角和對手的背景故事，即便某些要素
不一定會出現在電影裡，但這些要素會驅使他們的行為，
建構出讓觀眾相信這些角色的基礎。從第三人稱的角度為
每個角色撰寫傳記，不需特別描寫一些無謂的資訊，如：
身高、體重、眼睛和頭髮顏色等，雖然這些角色特質對小
說而言十分重要，但對劇本來說則是慢性自殺，除非是身
障或其他會影響角色情緒的外型特徵，否則請專注於其他

可以定義角色的要素，選出造就他們現在樣子的時刻或事件，是什麼事件永久改變了他們的人生和價值觀？沒錯，這個事件必須非常戲劇性！女孩九歲時失去母親，繼母燒毀了生母所有的照片，這個痛苦的經歷會如何影響一名年輕女孩長大成人。我的祖母活到104歲，直至她過世以前，每當她重述這個貨真價實的痛苦時刻，一切仍舊歷歷在目。

以下幾個問題可以幫助你為角色撰寫一篇簡潔的傳記，這篇傳記在情感上對角色影響深遠。試想角色的：

人生最大的恐懼：什麼原因造成的？如何影響角色？

人生摯愛：誰？那個時刻在過去和現在感受如何？

人生最痛的失去：現在還對角色產生什麼影響？事件過去幾年了？

請遵循以下格式為主角和對手寫傳記：

1. 半頁

2. 單行間距

3. 12號字，新細明體（以微軟文書軟體WORD為主）

如果只寫給自己看，為什麼需要格式規範？因為這樣可以幫助你寫得更簡潔，你應該要知道角色的所有事，但不需要為他們寫出200頁的傳記，這篇半頁的傳記應該是你為主角精心撰寫的，並且非常切合他們在電影裡的生活片段。

獨白

從角色出發為他們撰寫獨白，這個獨白可以是劇本裡的某個時刻，也可以不是。雖然他們可以對特定角色說話，但不要讓其他角色打斷他或做任何動作，讓這個獨白的目的明確一點，而不只是一般、普通的概述，盡量不要說一些我們從傳記能夠知道的事。獨白不應該是角色不斷訴說戰爭的恐怖，而是要試想戰場上的士兵倒在主角懷裡，用盡最後一絲力氣會說的話。或者如同《雨人》裡，湯姆克魯斯對女友講述的那段獨白，關於父親在他青少年時期將他留在看守所，以及他想像的朋友雨人。

請遵循下頁格式為你的主角和對手撰寫獨白：

1. 半頁
2. 劇本格式
3. 12 號字，新細明體

如果你創造出一個無懈可擊的角色，這個角色就會和頂尖的演員產生共鳴，但演員不是最重要的，電影製作相關的人員也不是，那是誰呢？

答案是觀眾。

除了觀眾外沒有其他人，觀眾是電影服務的對象，演

員化身角色，吸引觀眾相信他們就是電影裡的樣子，演員是裝載角色靈魂的容器，演員對角色的掌握程度能夠激發觀眾的想像力，對的演員會將角色提升到你想像不到的層次，即便電影結束後，這個角色也會長存於觀眾心底。

「三道菜正式西餐」：電影架構

「好導演拿著好劇本可以拍出傑作；同一部好劇本，平凡的
導演可以拍出一部中庸之作。如果是一部糟糕的劇本，即使
好導演也無法拍出好電影。」

── 黑澤明，編劇兼導演，《七武士》（Seven Samurai）

　　小時候，爸媽總喜歡在我吃飯時盯著我看，我總會因
此而惱怒，長大後，我開始理解看著孩子吃飯能為父母帶
來多大的幸福感，食物是臺灣和中華文化表達愛的方式，
我喜歡吃美食，也喜歡烹飪，這是我對家人和朋友展現愛
的方式，我寫下的每個字也都出自對所愛的人的關心。

電影是我們的療癒料理

　　我們理解故事的方式和吃東西時一樣，不同國家的料

理可以出現多大的差異啊！沒錯，我們吃進去的東西都可以歸納出差不多的食物種類，但這些料理的準備和呈現方式卻大不相同，而現在我們要創造的是吸引全球觀眾的故事。已故廚師作家安東尼波登（Anthony Bourdain）告訴我們食物如何連結全人類，天啊！我好想他！我們吃的東西雖然不盡相同，但我們對說故事有著相同渴望。我打從心底相信，電影是連結全人類最強大的媒介。

架構，並非公式

美國電影普遍來說都是套公式，大家似乎都有耳聞傳說中的三幕劇架構，聽起來就好像是某個瘋狂的好萊塢科學家為了保障電影大賣，進而研發出來的神奇藥水，這也迫使所有好萊塢電影工作者必須無條件遵循。公式是一個常與「好萊塢」電影連在一起的詞彙，但這麼說其實不太精確，與其說是公式，不如說是架構；與其說「這部電影好公式化」，不如說「這部電影的架構完整」！架構是必要的，架構的存在是為了讓角色可以安放在故事裡的敘事平台裡。

架構就像劇編劇用來接合故事的卡榫

從古希臘時期的亞里斯多德到今日所謂的編劇大師，都提倡電影架構應該長這樣……

開始，中間，結束

　　大功告成！真是前所未聞！為什麼全球觀眾還是習慣觀賞美國電影呢？電影裡的角色與他們使用的語言不同，長得一點也不像他們！全球觀眾甚至為了觀賞美國電影而閱讀字幕，那是因為這些都是用他們習慣的架構拍出來的好電影，美國人常被認為不屑閱讀字幕，所以才不在乎外國電影，這樣的論述不完全正確。如果電影的架構不夠清晰，觀眾就必須更努力「看懂」其中的故事，這就是為什麼美國觀眾不喜歡看外國電影，因為想「看懂」這些外國電影樣花很大的心力。

　　這也不代表美國電影總是稱霸其他國家的票房排行榜，中國的國產電影《戰狼 2》（Wolf Warrior 2）可是他們國內史上最賣座的電影，票房超過 8 億美元，8 億美元啊！你沒有看錯。中國首部科幻電影《流浪地球》（The Wandering Earth）也成了另一部賣座大片，賺進 7 億美元的票房，這部電影改編曾獲雨果獎的中國作家劉慈欣所寫的短篇故事，在中國歷年票房排行榜上位居第二。中國最賣座的好萊塢電影《玩命關頭 8》也不過賣了 3.9 億美元，這個票房數字與前兩部中國電影相比真的略遜一籌。然而，《戰狼 2》在中國以外的票房只有 400 萬美元，而《流浪地球》則是 700 萬美元，反之，《玩命關頭 8》在美國以外的票房賺進 10 億美元。

　　為什麼好萊塢能稱霸全球電影市場？因為美國電影工

業已經持續運轉超過 100 年，不論政治因素或戰爭都無法影響其產出的片量以及基礎建設，反觀其他國家的電影工業，大多會受戰爭、政治和社會不安定所影響，但美國電影工業卻從未停止運轉，因此造就了世上最成熟、體制最完整的電影工業。好萊塢源源不絕的新片已讓全球觀眾習以為常，世界各地的觀眾也因此會不自覺地期待觀賞符合好萊塢敘事架構、品質精良的電影，我們姑且將其稱為全球敘事架構。你可以將好萊塢電影風靡全球、具有高製作價值的成果，全部歸功於金額龐大的預算，然而，值得注意的是，某些中國電影的預算規模也不亞於好萊塢強片，甚是還聘用了曾獲奧斯卡獎的設計師，但這些中國電影卻不像美國電影一樣能讓全球觀眾產生共鳴。

一切還是必須回到劇本。

別讓作品宛如中式流水席

我熱愛傳統中式流水席，程度與拉斯維加斯自助吧不相上下，因為這些令人心滿意足的多元菜色是我的快樂泉源，通常只要經過這樣一場饗宴，我的胃就能得到滿足。然而，想要拍出一部吸引全球觀眾的電影，請盡量避免使用「中式流水席」的方式創作。如果你曾去過道地的中式餐廳，你一定看過菜餚擺在「餐桌轉盤」上供用餐客人分食，桌上的主菜可以從紅燒牛腩、清蒸鮮魚、生菜蝦鬆、

滷肉到北京烤鴨無所不包,但卻沒有一個明確的上菜順序,這就如同整部劇本混雜著各種類型片元素、調性和故事線一樣。新手編劇總渴望將所有想得到的角色、點子和對話都塞進同一部劇本,如同此生不會再寫別部劇本一樣,雖然這樣對編劇本人來說很滿足,但對觀眾來說卻是難以承受。

讓作品如同三道菜正式西餐

受西方文化影響較深的中式餐館,通常會在午晚餐時段供應特餐,讓客人擁有一道主菜,以及讓餐點更豐富的開胃菜炸春捲,再配上湯品,這樣的場景應該不陌生吧?電影的核心和靈魂就是主菜,開胃菜、配酒、小菜和甜點都只做支持和烘托之用,不能搶走主菜的風采。在一間正式的西餐廳裡,你不會同時吃到味噌魚和墨西哥牛肉捲餅,我知道劇本寫到某個點上,你可能會想把那些創意倉庫裡的故事點子、角色或無關的對白都放進劇本,但你必須盡全力克制自己——除非是故事中不可缺少的元素,當你開始撰寫劇本,記得檢查每一場戲對整部劇本來說,是否有一致、精準且前後連貫。

如果你拋棄這個架構,發明自己原創、突破性的架構會發生什麼事呢?你的電影與普羅大眾產生情感連結的機會就會直線下降。那些叫好又叫座(曾提名或榮獲奧斯卡獎)的外語片,如:《沉默的雙眼》(Secret in Their Eyes,來

自阿根廷）、《美麗人生》（來自義大利）、《送行者：禮儀師的樂章》（來自日本）以及《寄生上流》（來自韓國）皆符合本書所演示的架構。雖然才華和觀點是學不來的，但架構卻可以，一旦掌握了架構，你就可以盡情展現自己獨特、創意的敘事手法，但在你成為下一個作者導演之前，如：昆汀塔倫提諾（Quentin Tarantino，代表作如：《黑色追緝令（Pulp Fiction）》）或保羅湯瑪斯安德森（Paul Thomas Anderson，代表作如：《心靈角落（Magnolia）》），善用這個架構能幫助你將故事推向全世界。

食譜

　　不是每個漢堡都是根據同一道食譜製作而成，名廚沃夫岡帕克（Wolfgang Puck）所做的漢堡和大麥克吃起來一定不一樣。我們可以將架構比做食譜，漢堡的基本要素就是夾著牛肉漢堡排的兩片麵包，所謂架構就是這個基本的漢堡，但你還有無窮無盡的創意能讓漢堡升級。某些餐廳會外加一些配料，如：起司、洋蔥、抹醬、培根、特殊香料、酪梨、烤麵包、雞蛋等，另外還有肉排熟度、醃漬與否的差別，以及加了幾片番茄等等，這個部分就是原創性。如果你不在乎架構，就如同觀眾點了漢堡，你上的菜卻是一道鬆餅披薩夾炸鯰魚，這道料理乍聽之下十分創新，漢堡界裡也從未出現過，但可能只有幾位客人會欣賞這道創新的料理，大部分的客人還是覺得反胃，因為你沒有給出

他們點的食物。當你點漢堡來吃，心裡就想要吃到組成漢堡的基本元素，牛肉漢堡排夾在兩片麵包間，其他所有的創意元素，能讓一個平凡無奇的漢堡升級成「我此生吃過最好吃的漢堡」，以編劇的角度來說，就是「我看過最好看的電影」。

藍圖

你可能常聽別人將劇本比喻為藍圖，大多數新手編劇將想法訴諸文字時總會焦慮不安，因為他們「看到」了自己腦中的電影，他們落筆時心中沒有清楚的大綱，他們看到的通常只是故事佈局或特定的幾場戲和片段。開始蓋一棟建築物或高樓前，你不可能沒有一張清楚的藍圖，上面列著深思熟慮過的細節，對吧？這可是一棟價值 1 億美元的建築物呢！你不可能直接出現在工地，還沒縝密規劃整個基礎架構就直接開工，每一層樓、每一道牆、每一個房間都必須審慎思考過。

如果大樓蓋到一半才發現管線和插座都沒有考慮到怎麼辦？又或者測量有誤差，接下來該怎麼辦？建築物都已經蓋一半了，你也已經投入大量資源，比較合適的作法應該是打掉重蓋，天啊！這會讓寫作的你感到非常挫折。你很可能直接將錯就錯，畢竟已經投入大量精力了，總得試著補救看看，最後，你的成品表面或許看似補救成功，但實際上卻是一部充滿瑕疵的電影，如同紙牌屋一般不堪一

擊。

美式敘事架構

　　編劇書籍、部落格和編劇老師總會提出不同版本的電影架構，但其實只是從不同觀點傳達差不多的訊息，接下的幾個章節，我會從我的角度提出另一個版本，並以《雨人》作為範例，如果你還沒看過這部電影，強烈建議你先行觀賞，這部極度低概念的電影，故事講述一名男子與自閉症哥哥的公路旅行，竟賺進高達 3.5 億美元的全球票房！這部 1988 年上映的電影，零特效、沒有動作場面，沒錯，兩名主角都是電影明星，但我們曾幾何時看過如此眾星雲集的小製作，卻能與全球觀眾產生如此強大的共鳴？這是一部很單純的電影，卻有著幾近完美的角色和敘事。

　　三幕劇架構並非公式化，在這個全球觀眾都視為理所當然的架構上，你可以注入所有得到的創意，如果將架構拋諸腦後會怎樣？觀眾會感到困惑，因為他們習慣的敘事方式被打亂，這不是件好事，如此一來，他們不會接受也不會相信你所創造的電影世界，你可能不想寫出好萊塢強片，但這個架構也適用於規模「小一點」的電影！《尋找新方向》（Sideways）、《內布拉斯加》（Nebraska）、《斷背山》（Brokeback Mountain）都是經典的票房鉅片，同樣的架構也會出現在規模「更大」的電影，如：《變形金剛》（Transformers）、《樂高玩電影》（The LEGO Movie），你當然可以突破架構的限制，但最好還是先熟悉

其原理。昆汀塔倫提諾（代表作如：《惡棍特工》（Inglorious Basterds））、和戴倫艾洛諾夫斯基（Darren Aronofsky，代表作如：《黑天鵝》（Black Swan））所寫的劇本以突破架構聞名，但他們在重塑敘事架構前，一定早就掌握了原先的架構，當然還有其他脫離架構的電影，但你必須先學習且熟悉整個架構才能打破框架。

每個人心中都有一個電影構想，真的，大家都有

從理髮師到會計師，看電影的人都覺得自己心中有個電影構想，但大多數都沒有發展成故事，只是一個構想而已。一頭栽進寫作很容易，但你可能會因此墜入深淵！大概在寫了 25 頁後就會喪失熱情，有時候甚至連 25 頁都寫不到，為了避免這種情況發生，編劇必須準備好前製作業、擬好電影大綱，架構可以幫助你縮小編劇和觀眾之間的認知差距。

食譜：條列劇情大綱

「偉大的作品不是單憑衝動而生，而是一系列小事匯集而成。
偉大的作品不是偶然，而是全心投入。」
—— 梵谷（Vincent Van Gogh），畫家，《星空》（The Starry
Night）

　　故事就像食譜，撰寫劇本時若沒有根據食譜，你會對
自己的成品沒有概念，就如同你開火煮菜，卻因為沒準備
好，而必須停下手邊的動作出去買菜，只會在過程中徒增
挫折和拖慢進度。當然，業界也有不列大綱的編劇，他們
寫作的同時就會發展出故事和角色，但只有少數幾位頂尖
的專職編劇才有辦法做到，他們都非常厲害且驚艷老道，
但我們這種平凡的編劇，最好還是先以大綱歸納出劇情走
向比較好，而不是努力筆耕了幾個月後，再試圖從劇本裡

找出故事。如果你習慣不擬大綱的話，還是可以試試看，我所說的大綱只要一頁！不用寫到八頁，或十二頁，一頁就好！你可能會因此愛上擬定大綱。你在空白文字檔案打出「淡入」之前，請先想清楚整部電影的情節，不這麼做的話，你很有可能會將故事寫死，劇本架構也會很不穩，如果是高中英文作文，你可能還可以蒙混過去，但如果要寫一個預算 1 億美元的電影劇本，你不可能就這樣敷衍了事。

片名

請不要以「無標題」作開頭撰寫劇本，片名可以是只有自己知道的暫訂名稱，一個只給自己看的標題，可以是一個暫時填補空白的名稱。片名要簡單一點，如果無法立刻想出好記或令人印象深刻的片名，不要過份自責，可以先從一兩個詞彙開始，這些字詞要能體現你的故事，不知道從哪裡開始嗎？試試地名或角色名，我在下方列出幾個英文單詞片名，可以參考看看！

地名

《北非諜影》（Casablanca, 1942）

《芝加哥》（Chicago, 2002）

《敦克爾克大行動》（Dunkirk, 2017）

《侏羅紀公園》（Jurassic Park. 1993）

《費城》（Philadelphia, 1993）

《鐵達尼號》（Titanic, 1997）

《水世界》（Waterworld, 1995）

《屍樂園》（Zombieland, 2009）

《動物方城市》（Zootopia, 2016）

《游牧人生》（Nomadland, 2020）

角色名

《阿瑪迪斯》（Amadeus, 1984）

《阿凡達》（Avatar, 2009）

《梅爾吉勃遜之英雄本色》（Braveheart, 1995）

《甘地》（Gandhi, 1982）

《神鬼戰士》（Gladiator, 2002）

《教父》（The Godfather, 1972）

《洛基》（Rocky, 1976）

《特務間諜》（Salt, 2010）

《戰狼2》（Wolf Warrior 2, 2017, 中國電影）

《尚氣與十環傳奇》（Shang-Chi and the Legend of the Ten Rings, 2021）

《父親》（The Father, 2021]

上述電影不是提名或榮獲奧斯卡獎，就是票房冠軍，

這些片名應該值得效法，簡單卻又能抓住電影的精髓，不管怎樣都比無標題來得好，

無標題的劇本就像 18 歲以前都被稱做「無名氏」的嬰兒一樣。

宣傳標語

你一定要親自撰寫宣傳標語！再次強調，這麼做不只是為了自己。一旦你的電影獲得綠燈放行，片廠的行銷團隊也會想出很厲害的宣傳標語，但你寫劇本的同時，還是自己想一下宣傳標語，你是編劇，你可以的！宣傳標語可以幫你傳達劇本潛在主題的核心，和片名一樣簡潔為上，雖然劇本故事可能很明確，但有效的宣傳標語必須涵蓋廣泛，而且要朗朗上口且放諸四海皆準，需要參考範本嗎？看看你最愛的美國電影海報，或者如果你熱愛外國電影，也可以看看榮獲或提名奧斯卡最佳外語片的電影海報，下面的例子或許能激發靈感。

《美國心玫瑰情》（American Beauty, 1999）：看仔細一點

《瘋狂亞洲富豪》（Crazy Rich Asians, 2018）：只有家人能比愛情瘋狂

《金牌拳手》（Creed, 2015）：你能留下的不只名字

《怪獸與葛林戴華德的罪行》（Fantastic Beasts: The

Crimes of Grindelwald, 2018）：誰能改變未來？

《格雷的五十道陰影》（Fifty Shades of Grey, 2015）：失去控制

《幸福綠皮書》（Green Book, 2018）：改編自一段真誠的友情

《前進高棉》（Platoon, 1986）：戰爭中最先犧牲的往往是無辜平民

《噤界》（A Quiet Place, 2018）：如果他們聽得到你，就抓得到你

《一級玩家》（Ready Player One, 2018）：更好的現實世界在等著你

《神力女超人》（Wonder Woman, 2017）：正義的未來從她開始

《動物方城市》（Zootopia, 2016）：歡迎來到都市叢林

《寄生上流》（Parasite, 2019）：當作自己家

海報

這是劇本籌備過程中，我最喜歡的一個環節，為自己即將撰寫的電影製作一張海報！這是以視覺本能為故事所做的創作。如果自己或朋友很擅長 Photoshop，那麼你可以試著設計出一張真正的海報，並放上理想中的演員陣容。這張海報可以是簡單的圖像、藝術創作或攝影作品，其中體現了電影的調性、風格和情緒，你也可以剪下雜誌照片

或列印網路圖片，在一張標準尺寸的海報上拼貼，力求精準傳達電影的視覺感受，這對創意來說是很好的養分，最重要的是，創作過程很好玩！你會感覺回到童年時期的勞作課。完成的海報可以貼在工作桌附近的牆上，作為你與你所創作的電影世界之間的連結。

條列劇情大綱

你已經創造出主角和對手，做了一張電影海報樣本，上面還寫著片名和宣傳標語，現在差不多可以準備將電影拆分成步驟，擬定出一頁的劇本大綱了。可以將這些步驟想成連接脊椎的椎間盤，每個步驟都代表電影裡的三分鐘或劇本的三頁，而且只需要一行文字，如此而已，但請切記每個步驟不一定代表一場戲，記得避免在大綱裡羅列出場景細節，每個步驟都是那三分鐘的簡潔摘要。這份條列劇情大綱將成為你的地圖，當開車橫越一個國家時，你會規劃出最有效率的路線，同理，這就是你該為劇本做的規劃，別擔心，你不會受這個規劃限制，劇本大綱會隨著寫作的進程不斷改變，就像手機的衛星導航遇到塞車或意外，也會建議你選擇別條較短的路線一樣，當你發現新的方向，劇本大概也會隨之改變，但請記得也要同時修改條列劇本大綱，以便檢視這些改變會不會影響後面的步驟。

這份大綱的長度不要超過一頁，寫作格式如下：

1. 單行間距
2. 每個步驟只寫一行（不一定要是完整句子）
3. 為每個步驟標號
4. 12 級字，使用新細明體

　　條列出劇本大綱前，請先利用這個格式練習拆解一部美國電影，這部電影最好和你即將要寫的故事類型相近。如果你想要練習的電影是外語片，最好選擇提名或榮獲奧斯卡最佳外語片的電影，再次提醒，條列劇本大綱裡的每個步驟等於電影裡的三分鐘。現在可以開始條列劇本大綱了，第一步是電影的前三分鐘；第二步，電影進行到第六分鐘；第三步，電影進行到第九分鐘。下方以《火線追緝令》為例大略示範一下：

1. 即將退休的沙摩塞警官遇見接替他的新人米爾斯警探，兩人進行為期一週的工作交接。
2. 沙摩塞警官聽著節拍器的聲音睡著了，米爾斯和沙摩塞在犯罪現場碰面。
3. 他們發現一名男屍，他的手被綁在一碗食物上，被害人暴食而死。

　　將練習的電影分解成小步驟再條列出大綱後，你可以在一頁的篇幅內追蹤整部片的情節，每個步驟不一定代表每場戲，只是很簡單的敘事，乍看之下好像不怎麼精彩，

其實還挺無聊的，如果劇本大綱讀起來很精彩，那你可能某個地方做錯了。仔細看一下，你看出整部電影的骨幹了嗎？或許試著條列出另一部電影的劇情大綱，這麼做可以幫助你更了解你所撰寫的電影類型，並讓你更沉浸在這種類型電影所需的思考模式。現在的你不再只是個享受美食的顧客，而是一名餐廳主廚，你必須瞭解做菜所需的原料，並研究如何調配出適當的口味。

如果你太心急，導致完成大綱前就開始撰寫劇本，你的寫作過程一定會遇到挫折和撞牆期。大多數的編劇認為，編劇的創意本質容許他們在寫劇本的同時，順便修補劇情的破洞，多數的專業編劇會先擬出劇本大綱，但新手通常不會這麼做。

有趣的是，當你走進好萊塢附近的咖啡店，你一定會看到一群編劇埋頭撰寫他們的劇本，如果你問他們寫過幾部長片的劇本，大多數的人可能會回答你一部都沒有。這些人手上可能同時有五部不同的劇本，但都只寫了前 20 頁，他們為什麼不完成這些劇本呢？或許是因為越寫越迷失，越寫越挫折，最後索性就放棄了，放棄的原因十之八九就是沒有先擬出大綱，或者條列出整部電影的每個步驟。電影的前二十分鐘最容易撰寫，大多數看電影的人都能對故事布局有些想法，但是電影的主體——第二幕才是最難突破的，大概就像築長城一樣困難！好啦，沒那麼難，但撰寫第二幕時，真的會有這種感覺，與其他部分相比，撰寫第二幕的痛苦還是最多的。

「不要只想將寫作視為藝術，而是要將其視為作品，如果你是藝術家，任何作品都會成為藝術。」

—— 帕迪查耶夫斯基（Paddy Chayefsky），編劇，《電視台風雲》（Network）

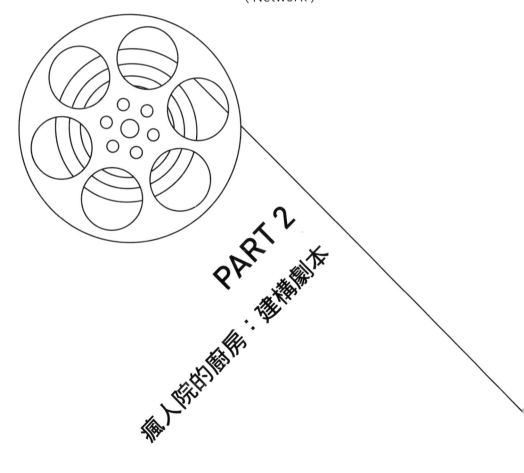

PART 2

瘋人院的廚房：建構劇本

06

開胃菜：第一幕——刺激味蕾

「一部電影若牽涉太多主題，幾乎等於沒有主題。」
—— 泰瑞羅希歐（Terry Rossio），電影編劇，《神鬼奇航》系
列（Pirates of the Caribbean）

　　當你走進一間餐廳，餐廳的氣氛和裝潢能夠為隨之而
來的用餐體驗定調，不論米其林二星餐廳或連鎖餐館，都
會使用開胃菜刺激顧客的味蕾，讓你準備迎接即將到來的
菜餚，雖然這兩種餐廳的性質完全不同，但他們都希望能
在菜餚帶給顧客一致的感受。

第一印象

　　當你第一次見到某人 —— 不管是有機會更進一步的交

往對象、新朋友或新同事，你很有可能在見面的前十分鐘，就產生了對這個人的看法。你在餐廳裡吃到的第一口食物會影響接下來的餐點產生的印象，如果開胃菜十分美味，那麼主菜和甜點應該也會很美味，反之，如果開胃菜很糟糕，那麼接下來的餐點一定也好不到哪裡去。

觀眾看電影的前十分鐘也是一樣的道理。

閱讀劇本的讀者也是，經紀人、經理人、製片、導演、演員和片廠高層也是，他們會根據閱讀前十頁的感覺形成對劇本的看法，讀過幾百部劇本的他們，當下的看法通常十分準確。

第一口（第 1 至 10 分鐘）

誰是主角？雖然電影開場不一定要馬上介紹主角，但主角最晚一定要在十分鐘內亮相，並告訴觀眾他們的技能和缺點是什麼。不僅如此，在這個觀眾咬下第一口的階段，必須要留下一點線索解釋主角的缺點，好讓觀眾能夠同理。

質感

好的開場可以幫助電影建立：
1. 調性

2. 風格

3. 節奏

電影開始十分鐘內，觀眾必須明確掌握主角是誰以及他們的：

1. 技能

2. 缺點

3. 需求

上述主角特點確立後，必須在整部劇本中維持一致。

《雨人》緊湊的開場出現在三分鐘內就出現了，這個開場介紹湯姆克魯斯是豪華名車經銷商的負責人，但整間店的財務岌岌可危。他的技能是銷售和說謊，他的缺點是自私，與員工、女朋友的相處也不太親密，但他們應該要是他最親近的人，此時，我們了解到他的需求是變得無私且願意付出感情。哇！這一切都在三分鐘內搞定！這是一部角色為主的劇情片，但很快就完成了故事佈局。接下來的兩場戲中，湯姆克魯斯發現與他感情疏離的父親去世了，並且除了一台車以外，沒有留下任何一點遺產給他。從人性的角度來看，湯姆克魯斯的缺點來自十五歲時偷開父親的車子，而被留置看守所兩晚的經驗，他也因此離家出走。

動作／冒險片

　　利用動作場面在十分鐘內開場,《法櫃奇兵》（Raiders of the Lost Ark）裡,印第安那瓊斯（哈里遜福特飾）在充滿機關的古廟中盜取黃金神像,還必須在大石碾過他之前逃出古廟！這場戲帶著一點喜劇色彩,卻又有著令人難忘的精彩動作場面,我們可以看到的元素包含寶藏、印第安那瓊斯對蛇的恐懼,以及他使用長鞭的技能,這些元素在接下來的故事裡會不斷出現。

喜劇

　　利用圍繞主角而生的幽默橋段來逗樂觀眾,《哈啦瑪莉》（There's Something About Mary）裡,正當泰德（班史提勒飾）要去接瑪莉前往畢業舞會,他的命根子卻被拉鍊夾到。

劇情片

　　介紹主角的同時要讓觀眾快速掌握其技能和缺點,通常會在介紹他們的職業時一併提及。《一個巨星的誕生》裡,傑克（布萊德利庫柏飾）擅長在大型演唱會上表演鄉村音樂,但他的缺點是酗酒及濫用藥物。

驚悚片

利用犯罪或令人毛骨悚然的場景開場以抓住觀眾的目光,《噤界》裡,小男孩因為玩具發出的聲音,慘遭不明生物殺害。

瘋狂局面（第 17 分鐘）

瘋狂局面！我們都遭遇過,但身為腳踏實地、怕東怕西的人類,無論如何先跑再說,但主角會正面迎戰,瘋狂吧！他們會勇於承擔並不顧一切豁出去。

電影角色都會做瘋狂的決定,美國電影預告片也以此為看點,讓觀眾對電影故事前提有概念,如果這是預告片的常態,為什麼觀眾還會對電影有興趣呢？

還記得那個瘋狂局面嗎？當我計畫從紐約飛到洛杉磯探望妻子,順便參加她公司舉辦的聖誕晚會,結果卻遇上高科技恐怖份子佔領整座大樓,所有人都成了人質,這是《終極警探》的劇情。

或者另一個瘋狂局面,我首次去到白人女朋友位於郊區森林裡的家裡拜訪,見到她舉止怪異的父母,難道因為我是非裔美國人才讓一切變得如此詭異嗎？這是《逃出絕命鎮》的劇情。

誰能忘記下面這個瘋狂局面,世上最有名的電影明星居然在我家親了我？這是《新娘百分百》的劇情。

上述所有片段都發生在第 17 分鐘，就是這麼精準，你不相信嗎？看看你最愛的那些電影，最好是頗受好評的奧斯卡得獎強片或者票房鉅片，扣除沒有對話的演職員表佔用的時間，瘋狂局面通常會準時在第 17 分鐘出現，誤差大概一分鐘。在此之前，萬事都很合理也很正常，直到主角遇到了那個——

瘋狂局面！

瘋狂局面通常發生在第 17 分鐘，大概是劇本的第 17 頁。

《雨人》（Rain Man, 1998）：
    湯姆克魯斯遇到達斯汀霍夫曼，那個他不曾見過且住在精神病院的自閉症哥哥。
《綠野仙蹤》（The Wizard of Oz, 1939）：
    颶風侵襲黑白的堪薩斯州，將桃樂絲（茱蒂嘉蘭飾）和她家吹到彩色的奧茲王國。
《回到未來》（Back to the Future, 1985）：
    米高福克斯撞見博士（克里斯多福洛伊德飾）的發明，「你把德羅寧跑車改裝成時光機？」
《異星入境》（Arrival, 2016）：
    露薏絲（艾美亞當斯飾）和伊恩（傑瑞米雷納飾）通力合作，為了解開外星語而登上太空船。

《寄生上流》（Parasite, 2020）：

　　金基宇（崔宇植飾）冒充延世大學畢業生，受聘為富裕的朴氏家族擔任英語家教。

《魷魚遊戲》（Sqiud Game, 2021）：

　　雖然是系列影集，但最初是為一部劇情片電影而寫的。在火車站，一個衣冠楚楚的男人請成基勳（李政宰飾）為了錢玩一盤紙牌類遊戲，並提供了他一個機會可再玩更多賭注更高的遊戲。

用盡全力——單一目標（第 25 至 35 分鐘）

　　此時，主角決定積極處理第 17 分鐘出現的瘋狂局面，在整個第二幕裡，他們用盡全力朝著某個目標前進，此時，觀眾必須知道主角可能付出的代價是什麼。這個部分是整部電影的行動計畫，一般人永遠不會做出這麼不實際的決定，但是主角會！切記，目標必須精心設計且存在敘事當中，不能是概念上或理論上的目標！一定要是有形的目標。

《雨人》（Rain Man, 1998）：

　　湯姆克魯斯用盡全力將達斯汀霍夫曼帶到洛杉磯，只為了取得達斯汀霍夫曼的監護權及其名下的遺產。可能付出的代價呢？除非拿到錢解決財務困境，否則湯姆克魯斯的汽車事業就會毀於一旦，他只剩一個禮拜能夠開車橫越

美國，取得遺產拯救公司。

《火線追緝令》（Se7en, 1995）：

摩根費里曼必須趕在連續殺人犯完成七宗罪計畫前用盡全力追捕他。可能付出的代價呢？除非他能及時阻止殺人犯，否則會有更多無辜的受害者葬送生命，他也只有一週的時間，七天、七宗罪、七件謀殺案，編劇真是天才。

《絕命追殺令》（The Fugitive, 1993）：

哈里遜福特用盡全力尋找一名獨臂男子以證明自己的清白。可能付出的代價呢？他有可能為了沒有犯下的罪被送去坐冤獄，而壞人卻不會因謀殺他的妻子而受到懲罰。

《一級玩家》（Ready Player One, 2018）：

韋德用盡全力往反方向衝刺，贏得了第一把鑰匙，但是他還必須贏得剩下兩把鑰匙，才能找到彩蛋，獲得虛擬實境遊戲「綠洲」的經營權。可能付出的代價呢？網路遊戲公司「創新線上企業」的邪惡執行長搶先一步找到彩蛋，將綠洲變成一個暗黑世界。

現實生活中，我們傾向壓抑自己的瘋狂傾向，選擇不要用盡全力，現實與《鐵達尼號》的不同在於，一名身處1912年的年輕女性，不可能因為在船上與貧窮藝術家擦出愛的火花，就選擇追隨真愛而放棄嫁入豪門；現實與《神

鬼戰士》不同的是，前羅馬將軍不會為了殺死血洗家門的皇帝，而決定參加角鬥士巡迴賽。

不要害怕透露故事的佈局為何，觀眾必須非常清楚主角為了什麼用盡全力，他們才能感同身受，如果觀眾看了三十五分鐘後還不清楚劇情，那他們就會選擇不看了。

壓力鍋

電影裡好像都有個時限，二十四小時、三天或七天，這樣的時限能為敘事增加張力，成效非常好。《不可能的任務》系列電影的成功就是靠時限，我們不管看過多少炸彈倒數裝置，還是會感到緊張，想想看你遲到時的心情有多緊繃，或者是塞車導致無法準時抵達目的地的無助感，我們的生活每天都在遵守時限，準時上班、上課、開會，每當有事延遲，緊張感便會快速上升。總之，你能越早埋下時限越好，理想狀況是不要超過第 35 分鐘。

隱喻

觀眾不像文學批評家一樣，能夠快速掌握、仔細分析電影裡的隱喻，但如果你覺得有個物品或地點足以在視覺上承載電影主題，那麼觀眾也會在潛意識中獲得滿足。《雨人》裡，湯姆克魯斯因為青少年時期偷開父親的得獎別克古董車，才導致他和父親感情疏離，從此不再見面。整部

電影裡，湯姆克魯斯和他剛認識的自閉症哥哥達斯汀霍夫曼展開了橫越美國的公路旅行，開的就是同一輛別克古董車。這部車讓過去的情感再度浮現，也讓湯姆克魯斯在電影最後與過世的父親和解。寫作過程中，你可能會漸漸發現可以作為隱喻的事物，那麼就回過頭去將這個隱喻埋進劇本裡。

主菜：第二幕——精彩高潮

「旅行會改變你，一定會的，你帶走了一些東西，希望你也留下了一些好的東西。」

—— 安東尼波登，廚師作家，《廚房機密》（Kitchen Confidential）

　　現在我們真的要開始有所行動，也就是第一幕結尾決定要採取的行動，第二幕是最難寫的，每個人都有辦法寫第一幕和第三幕，但第二幕非常需要寫作技藝，因為這一幕是鞏固整部電影、支撐觀眾想像力的關鍵。

組織小隊

　　美國電影通常是英雄本位，但英雄也需要幫手，雖然

他們好像習慣擔任領導，但身邊總會有搭檔或隊友在支持他們。綜觀所有超級英雄與他們的隊友，《復仇者聯盟》（The Avengers）、《正義聯盟》（Justice League）、《星際異攻隊》（Guardians of the Galaxy）都是如此，每位主角都需要至少一位搭檔。在浪漫喜劇裡，也總會有一名知心好友在旁提供意見，人類的天性就是渴望在社群裡與人交流、一起成長，即便是《浩劫重生》裡的湯姆漢克斯，也有一顆名為威爾森的排球陪他！

付出一切（第 50 至 65 分鐘）

主角開始從被動轉為主動，截至目前為止，主角都是被動反應眼前遇到的障礙，而不是主動出擊，一旦主角主動出擊且採取行動，他們就會付出一切，從此主角不管情感上或實際上都沒有退路了。

此時，主角與對手的實力也達到一樣的水準。動作片裡，主角會開始使用技能和才智以達到他們的目標，而不是針對對手的行為作出反應，這是主角第一次搶得先機。劇情片和愛情片裡，主角和對手會開始展現自己脆弱的一面，建立了真心的情感連結，有時在愛情片裡，這個情感連結可能會是性愛，也可以是主角互相分享和感受他們共同的脆弱。

《雨人》（Rain Man, 1998）：

在汽車旅館裡，湯姆克魯斯主動依照達斯汀霍夫曼的喜好，將他的床移到窗邊，與前面幾場戲不同的是，湯姆克魯斯在此之前都是被動接受達斯汀霍夫曼對床的恐懼。接著，湯姆克魯斯發現達斯汀霍夫曼就是自己小時候幻想的朋友「雨人」，他們兩個完全同步了，一起唱了一首童年時期的歌。湯姆克魯斯回想起父親因為擔心達斯汀霍夫曼會傷害他，而將其送進精神病院的場景，父親的行為是出於對湯姆克魯斯的愛，此時，湯姆克魯斯付出一切情感。

《綠野仙蹤》（The Wizard of Oz, 1939）：

茱蒂嘉蘭遇見魔法師後完全付出一切，為了讓魔法師幫助她回家，她必須取得壞女巫的掃帚。雖然茱蒂嘉蘭身邊有機器人、稻草人和獅子幫忙，但還是由她主動領導整個任務。

《火線追緝令》（Se7en, 1995）：

摩根費里曼主動透過非法管道，向聯邦調查局的朋友收買但丁《地獄》的圖書館借閱記錄。掌握潛在嫌疑人的住址後，他和布萊德彼特來到約翰杜的住處，直接展開一輪火拼，他真的已經付出一切。

《一個巨星的誕生》（A Star Is Born, 2018）：

布萊德利庫柏在演唱會後台，主動向艾莉（女神卡卡飾）表明愛意，有了布萊德利庫柏的鼓勵，女神卡卡克服

了她的不安全感，在台上獨自演唱自創曲，現在不論做為藝術家或愛人，他們都擁有同等地位，布萊德利庫柏在情感上付出一切。

生死抉擇（第 90 至 100 分鐘）

此刻是整部電影的最低點，我們來到了第二幕的結尾，這時觀眾會從心底油然而生一股虛脫感，好了，第一幕立下的目標已經達成了！主角快要殺死或感化對手及／或壞蛋，那為什麼這是電影的最低點呢？因為主角必須做一些事來改正他們的缺點，滿足他們的需求，觀眾十分期待主角做出象徵性或實際上的生死抉擇。

這是現實生活中大多數人都會直接放棄的時間點，因為代價太高了，而且成功機率低到令人承受不住，這麼久的努力可能會換來慘敗，無能為力的感受襲來，恐懼壓垮了他們。此時，觀眾最能感受到主角的脆弱，因為這也是他們自己感到最脆弱的時刻，「真實生活」的難題總是在最低點結束，是時候該放棄了，其實在現實生活中，我們從一開始就不會蹚這灘渾水。

但在電影世界裡，主角活著克服了這個最低點，雖然主角還是可能因此身亡，但為了公益無私犧牲的他們卻能夠流芳百世。

想想市面上所有愛情電影，情侶都會在電影接近尾聲時揚言要徹底分手（生死抉擇！）。但在第三幕，主角必

須放下無謂的自尊，勇敢追求「真愛」，表明他們的愛意——通常會在大庭廣眾之下，我們熱愛浪漫喜劇，即使我們從電影一開始就知道結局了，但我們還是照看不誤！現實生活中，愛情關係總是沒有結果，我們很少能跟「真愛」走到最後，這個可預見的第三幕抓住了我們的慾望，給予我們不顧一切追尋真愛的勇氣。

美國電影裡的故事和戀情總會給觀眾一個交代，很少是開放式結尾，因為生活已經夠難以掌握了，電影便成了觀眾渴求解答並得到回覆的地方。

這也是為什麼全世界都愛看美國電影。

《雨人》（Rain Man, 1998）：

掌控遺產的醫生打算給湯姆克魯斯一大筆錢，這完全是湯姆克魯斯從一開始就想要的東西，但現在他想要達斯汀霍夫曼的監護權，以滿足自己需要家人的自私心理，而不是為哥哥做出最好的選擇，讓他回到精神病院接受妥善照護。

生死抉擇：湯姆克魯斯會為哥哥做出最好的選擇，放手讓他走，還是自私地將哥哥留在身邊？

《綠野仙蹤》（The Wizard of Oz, 1939）：

茱蒂嘉蘭取得壞女巫的掃帚，讓奧茲國的魔法師答應送她回家，但魔法師其實是個沒有法力的騙子。

生死交關：桃樂絲會順利回到家鄉堪薩斯州嗎？還是

滯留在奧茲王國裡？

《火線追緝令》（Se7en, 1995）：

　　摩根費里曼在約翰杜自首後抓到他，但還有兩具未指認的屍體被約翰杜留在沙漠中。

　　生死抉擇：摩根費里曼會尋回這兩具屍體而破案嗎？

《一個巨星的誕生》（A Star Is Born, 2018）：

　　回到家後，女神卡卡對著酗酒又藥物成癮的布萊德利庫柏謊稱，巡迴演唱會取消了，所以她可以待在家照顧他，這是他想要的，但她卻放棄自己的未來和才華。

　　生死抉擇：布萊德利庫柏會選擇自殺，讓女神卡卡獲得自由嗎？

甜點：第三幕──得到滿足

「我得不到滿足，我得不到滿足，因為我一直嘗試……」
── 滾石合唱團（The Rolling Stones），搖滾樂團，《精神錯亂》（Out of Our Heads）

　　滾石合唱團說的沒錯，我們在平凡人生裡用盡全力希望得到滿足，在追求滿足的路上，大多數時間是失望的，但在電影裡，一定會得到滿足！那什麼時候才會發生呢？第三幕，這一幕會帶給你微笑，讓你懷有希望，雀躍地走出電影院。此刻，雖然第一幕設下的目標已經達成，但主角又變回那個充滿缺點的自己，所以是時候讓他們有所轉變了！電影裡的世界要在跑演職員表前變得更好，絕對不能是毫無改變或變得更糟，如果故事創作者堅持讓電影結

局如同「真實人生」，那就會出現以下情況：

無法與「真愛」長相廝守！
無法救活心愛的人！
無法拉近疏離的關係！
無法從努力中得到回報！

電影結局就是要滿足觀眾，這是不爭的事實，沒辦法，電影一定要有令人滿意的結局，就像美味的三道菜正式西餐，一定要有美味的甜點作結。

好萊塢式結局

不論你的劇本是獨立文藝片或商業鉅片，試著寫出一個令人滿足的結局，結局本身不一定要「幸福快樂」，但一定要能令人滿足，而不是一個讓觀眾心裡受到重擊的結局，否則他們會懷著對你的怨恨走出戲院，你也別想獲得好口碑！觀眾花時間搭上這列情感的雲霄飛車，相信電影會在高峰處結束，而不是讓他們順著軌道往下滑，甚至直接撞上水泥地。《電影的魔力》（Power of Film）一書的作者霍華蘇伯（Howard Suber）簡單歸納了這樣的思維：我們觀賞電影是為了彌補生活上的不足。大多數人都不太滿意自己的生活，讓觀眾經歷一切，卻不讓他們重拾對生活的期望，這樣是非常殘忍的。

你能想像《刺激 1995》的提姆羅賓斯，努力不懈挖地道十九年，卻在逃獄時被抓住，最後只能在監獄裡度過後半輩子嗎？瑞德（摩根費里曼飾）也和先前出獄的布魯克斯一樣，因為無法適應監獄外的生活而自殺？不行！你一定會怒不可遏！或許這種結局比較符合現實，但卻完全無法令人滿足。《刺激 1995》在拍攝時，原本打算讓結局和史蒂芬金的原著小說一樣，摩根費里曼搭上巴士去芝華塔尼歐見提姆羅賓斯，而我們卻永遠看不到他們團圓！觀眾跟隨主角經歷了這麼多，他們理應看到他們團圓，最後，片廠還是多花了一筆製作預算拍攝兩人團圓的那場戲，這場戲沒有對白，我們只需看到他們真的自由了，一起走在他們嚮往已久的沙灘上，這場戲是試片觀眾的最愛，因為這場戲讓觀眾在情感上獲得欣喜與滿足。

　　主角的經歷必須能讓世界變好，當然，主角也可能會死，但是在此之前，主角必須先讓世界變得更好，啟發某人、某個社群或甚至某個國家，讓他們願意把好的部分延續下去。《噤界》裡，李（約翰卡拉辛斯基飾）犧牲了他的性命拯救家人，這不是開心的片段，但他的犧牲卻讓妻子、兒子和女兒得以存活，找出對付外星生物的方法，他們和其他人從此可以不用在活在噤聲中，而觀眾對於這種結局感到滿意。《靈異第六感》裡，麥坎（布魯斯威利飾）發現他其實早就死了！他無法再和妻子團圓，這件事讓觀眾感到難過，但他們還是很滿足地看著布魯斯威利接受現實，最後安然離開人世，而他的妻子也得以釋懷。布魯斯

威利在精神層面上幫助了柯爾（海利喬奧斯蒙飾），也讓他能運用自己陰陽眼的天賦幫助亡靈投胎。

《雨人》（Rain Man, 1998）：

　　監護權聽證會開始前，湯姆克魯斯開始有所轉變，他第一次說實話，也做了對達斯汀霍夫曼最好的選擇，放手讓他回到精神病院接受妥善照護。達斯汀霍夫曼第一次主動用自己的額頭輕碰了湯姆克魯斯的額頭，兩人從電影一開始都沒有家人，到現在終於找到家人了。

《綠野仙蹤》（The Wizard of Oz, 1939）：

　　桃樂絲輕敲鞋子回到堪薩斯州後，她開始有所轉變，學會珍惜從前她覺得很無聊或視為理所當然的親戚，這個轉變也呼應了電影主題「沒有比家更好的地方了」。

《火線追緝令》（Se7en, 1995）：

　　摩根費里曼最初因為厭倦世上罪惡，自己又無力改變而想要退休，他幾乎完全放棄了，但到最後他也有所轉變，決定繼續待在警界，這個結果也回應了海明威的名言：「世界是值得我們奮鬥的」。

　　上述三個結局片段皆來自奧斯卡最佳影片，而這三部電影也都是全球票房鉅片。

《梅爾吉勃遜之英雄本色》（Braveheart, 1995）：

威廉華勒斯（梅爾吉勃遜飾）遭斬首後，得以在來生與過世的妻子團圓。

《神鬼戰士》（Gladiator, 2000）：

羅素克洛最後在角鬥士競技中身亡，得以在來生與過世的妻兒團圓。

《鐵達尼號》（Titanic, 1997）：

在觀眾認為年邁的蘿絲可能離開了人世後，年輕的凱特溫斯蕾和真愛李奧納多迪卡皮歐在來生團圓。

我們不在乎這些結局有多麼相似，對吧？因為我們感到十分美好以及滿足。

電影是我們希望的投射。

身為編劇的責任就是帶給觀眾希望。

私密故事

同樣的概念也適用於規模小一點的獨立電影，《月光下的藍色男孩》（Moonlight）片尾，夏隆（崔凡特羅德飾）與凱文（安德烈荷蘭飾）長大後團圓，互相傾吐童年時期

不了了之的感情，他們有了結局，而觀眾也得到滿足。《遠離賭城》（Leaving Las Vegas）裡的班（尼可拉斯凱吉飾）酗酒致死，儘管尼可拉斯凱吉死了，他和妓女莎拉（伊莉莎白蘇飾）之間的愛情，還是讓她選擇離開施虐成性的皮條客及性交易產業。觀眾心滿意足地看著伊莉莎白蘇展開新的人生，這兩部電影的結局都加入了讓觀眾滿足的元素。

爆米花電影

強檔電影的結局通常都能令觀眾滿足，因為主角都會直接展開「幸福快樂的新生活」。《神力女超人》裡，黛安娜公主（蓋兒加朵飾）在最終決戰裡擊退了壞蛋阿瑞斯（大衛休利斯飾），也成功拯救了世界。《終極警探》裡，布魯斯威利拯救了她的妻子，並且擊中壞蛋格魯伯（艾倫瑞克曼飾），使他摔出大樓外而死。賣座大片裡的對手都很強大又邪惡，這表示觀眾需要一個氣勢磅礴的結局，才會覺得花錢看 IMAX 3D 值回票價，並為主角大聲歡呼。

你的大綱

現在你已經掌握了三幕劇的架構，也終於準備好開始撰寫劇本的條列劇情大綱，記得你在第五章以現成電影為本，練習寫過的條列劇情大綱嗎？重看一次你寫的大綱，並以底線標示前兩章介紹過的四大區塊：

1. 第一幕的瘋狂局面（第 17 分鐘）[步驟 5 或 6]
2. 第二幕的用盡全力（第 25 至 35 分鐘）[步驟 8 至 12]
3. 第二幕的付出一切（第 50 至 65 分鐘）[步驟 17 至 22]
4. 第二幕的生死抉擇（第 90 至 100 分鐘）[步驟 30 至 33]

　　一部長片劇本的篇幅應該落在 105 頁左右，相當於條列劇情大綱的三十五個步驟。完成條列劇情大綱後，請先完整校稿修訂，再將其轉換為劇本，不要在條列劇情大綱裡留下空白步驟，以為自己等等寫劇本時想到再填上去，

　　不會的，不可能，你想不到的。

　　空白步驟會讓故事進行不下去，如果現在還想不到空白步驟該怎麼處理，之後也不一定會想得出來，因此，事先將故事發展完全計畫好，能夠增加劇本轉換成電影故事的可能性。

　　每個步驟只需要一行字，連超過一個字都不行，不是完整句子也沒關係，一個步驟相當於劇本上的三頁，記得將大綱裡的四大區塊以底線標示清楚。如果你覺得三分鐘的故事不可能濃縮成一行字，回頭看看之前你以現成電影為本所寫的條列劇情大綱，看到了嗎？這是有可能的。萬

一你在寫作的路上遇到困難，不妨參考其他相同類型的電影，看看你卡住的時間點在這些電影裡是怎麼推進的，或許你會因此找到解答。

不要害怕花太多時間才抓到訣竅，注意電影裡那四場劇本架構上最關鍵的戲，你越常練習就越容易領悟其中的道理，沒錯，就只有四場！與椅腳以及桌腳數量相同，同樣可以確保電影架構的穩固。從現在開始，你看美國電影都要打開字幕並注意時間碼，科技讓一切變得簡單，只要輕輕按一下按鈕即可，你沒有理由做不到！你越細心找出這些區塊，就越容易吸收這個概念，並在你發現以前變成反射動作。

開始寫劇本吧！

你已經做足所有事前準備，是時候在電影產業標配軟體 Final Draft 12 上，開啟一個新的劇本檔案了。

一部劇本光品質優良是不夠的，一定要非常厲害，用盡一切讓你的劇本變得更好，至少在你眼中一定要是完美的，先別擔心最後的電影成品會如何，劇本在電影製作過程中，還會持續開發並經歷多次改寫，讓整部電影更加完善。因此，現在這個階段，你還有機會讓劇本更趨近於你想要的樣子，等到劇本落到別人手上以後，就只能任他們開發成進戲院的電影或串流平台上播映的電影了。

劇本呈現：有組織的動作與對白

「對導演來說，一切的基礎就是素材、素材、素材 —— 也就
是劇本、劇本、劇本 —— 一旦手上握有劇本，其他部分就很
容易了。」

—— 雷利史考特（Ridley Scott），導演，《神鬼戰士》

　　電影劇本不像小說是拿來閱讀的，大部分的人都沒有
碰過這個非典型的說故事形式，其中甚至還包含詩、散文
和舞台劇本等多種文本，像是一種結合文學、原始碼、計
畫圖的神奇混合文體。這個章節將會提供一些小技巧，讓
編劇能透過此類媒介說出讓讀者耳目一新的故事。

格式

　　美國電影產業對劇本有嚴格的格式規範，沒有按照好

萊塢標準格式撰寫的劇本，看起來就像是外行人的作品。這個劇本格式發展至今已逾 100 年，但千萬不要自己土法煉鋼，購買 Final Draft 12 可以讓你省掉很多心力，如果你還是學生，Final Draft 12 的發行商提供了很優惠的教育價，這個軟體支援包含中文等多種語言，讓你的劇本寫作從取得 Final Draft 12 開始吧！

　　劇本的一頁大約是電影的一分鐘，字體使用 Courier 12 號級字，劇本格式有很明確的留白規範，與多數虛構小說不同的是，劇本裡的動作和場景說明都是以現在式撰寫，因為電影故事是及時呈現的，這個特點也必須反映在劇本裡。華語劇本撰寫格式請參考書末附錄，由和諧影業採用好萊塢標準劇本格式發展而成。

每場戲的標題

　　一部劇本由許多場戲組成，每場戲的標題會告訴讀者，這場戲是內景（INT）還是外景（EXT），後面會接著地點名稱，最後再註明日（Day）或夜（Night）。

INT. NATALIE'S BEDROOM — RANCH — NIGHT

（內 - 娜塔莉的房間 - 農場 - 夜）

撰寫動作和場景說明

　　閱讀動作和場景說明所需的時間，應該反映動作在銀

幕上所需的時間，你可以將這些說明想像成推特，推特的字數限制就是要逼你用最少的字數傳達最多的資訊，你也可以想成是過去的電報，每多一個字就要多付錢呢！我們看看你可以為自己可以省下多少錢。

動作說明

　　寫出動作的重點即可，不要把每個走位都鉅細靡遺地寫出來，安排走位是導演的責任，如果要角色到冰箱去拿一瓶啤酒，那就直接這樣寫就好了！

　　史賓賽從冰箱拿出啤酒，灌了一大口
　　Spencer grabs the beer from the fridge and chugs it.

　　而不是：

　　史賓賽從椅子上起身，走到冰箱前、打開冰箱門，手伸進冰箱拿出啤酒，關上冰箱門，坐回椅子上，打開啤酒灌了一大口。
　　Spencer rises from his chair, walks over to the fridge and opens the door. Then he reaches for a beer and closes the door before heading back to his seat. Opens the beer and chugs it.

讀者會以為他一定要做這麼多動作才能喝到啤酒，除非史賓賽被絆倒，鼻子撞上冰箱門後斷掉，否則不需要把他的每個動作都寫出來，動作說明的長度要盡可能反應出動作真實的速度。

場景說明

說明地點時，請盡可能濃縮在一個句子內，就算是為了簡潔而寫了一些不完整句子也沒關係，如果是描寫一間破爛的公寓住家，就直接寫：

破爛、狹小、無窗的公寓住家。
Crappy shoebox apartment with no windows.

而不是：

這間 200 平方英呎大的套房沒有窗戶，牆上油漆斑駁，房裡擺放著廉價、風格迥異的家具，地板鋪著 1970 年代出產、現已殘破不堪的黃色地毯，沒有暖氣也沒有空調。

There are no windows in this 200-square- foot studio apartment with peeling paint. It is decorated with cheap, mismatched furniture and worn-out yellowing carpet from the 1970s. There are no heaters and air conditioning units.

你寫的是一部劇本，不是美國經典小說！破爛而狹小的公寓住家已經暗示了房內的家具和擺設也好不到哪裡去，讓美術指導來煩惱布景就好了。

所以，簡潔至上。

如同作家史蒂芬金的至理名言：「好的場景說明都只有幾個精心挑選過的細節，光靠這些細節就足以代表畫面中的其他事物。」說得太好了，不愧是史蒂芬金，他的文字十分精準，寫作工具書我首推史蒂芬金的《史蒂芬·金談寫作》（On Writing），無庸置疑的好，建議你看完本書後馬上去買，其實現在就可以趕快下訂了。

建構每一場戲

每場戲都要與前一場戲緊密相連，如果某幾場戲能夠對調，那就會出現問題，不要隨便插入任何一場戲，即使你花了好幾個禮拜精雕細琢，只要這場戲無法自然融入劇本就應該拿掉。每一場戲都應該要能推動故事，透露角色的某些特質，一場精彩的戲能夠產生許多功用，但利用無謂的對白填補頁面絕對不是其中一種，每場戲都必須有效發展故事和角色關係。

沒有共識

　　讓角色難以獲得他們想要的東西，與角色作對能為戲增添衝突，讓整場戲變得更耐人尋味，若兩個角色達成共識，整場戲就結束了，他們可能懷有相同的目標，但應該採取不同的作法。看看市面上的搭檔電影，角色間可能存在共同的目標，但他們會因為作法不同而有所爭論，也因此產生了戲劇張力、衝突以及難以抗拒的化學變化。

　　假設有對情侶第一次約會，其中一人說道：「我熱愛黑咖啡。」另一人插話道：「我也愛黑咖啡！」本場戲就結束了，終了，沒了，現實生活中，這可能是理想情況，我們在一段可能性極高的感情關係裡，試圖找到兩人的共同興趣以避免衝突。然而，這樣的狀況在電影世界裡會變得很無聊，沒有一場戲例外，角色可以在一場戲的最後達成共識，但只有在最後才能達成共識。

地點至上

　　每一場戲的地點都不能隨便，不要隨便插入一個放假去的雪貂養殖場，劇本裡的地點要和角色切身相關。《新娘百分百》裡，電影明星茱莉亞羅勃茲偶然吻上休葛蘭後，希望再次與他見面，然而，他們的二次會面並不是在隨便一間咖啡廳裡隨心所欲的聊天，茱莉亞羅勃茲反而邀請休葛蘭到她下榻的飯店，在眾多媒體專訪間安排一段空檔給

他，這個地點有趣多了，與角色關連性也比較強。茱莉亞羅勃茲為了宣傳電影來到倫敦，她的行程非常滿，而休葛蘭假扮記者進行假的媒體專訪，旁邊還有忙進忙出的宣傳人員，整場戲為電影增加了緊張感和趣味，他們也在假訪問中安插一些私人問題，並安排了他們的第一次約會，這種遮遮掩掩的感覺加強了兩人之間的火花，也讓看著整場假訪問的我們都笑了出來。

請盡可能避開咖啡廳，如同避開瘟疫病毒一樣！除非咖啡廳對故事和角色的發展至關重要，否則別將角色隨便放進某個咖啡廳裡，讓他們像讀稿機一樣念著對白。當然，一定有例外情況，就像《黑色追緝令》裡的咖啡廳那場戲，角色話說著說著就把槍亮出來了，這比角色一邊喝咖啡一邊滔滔不絕有趣多了。

對白

若想檢驗對白的好壞，請在蓋住角色名字的情況下閱讀對白，並分辨哪一句是那個角色的對白。一句對白只能包含一種想法，只有一種想法，別把各種想法都塞進同一句對白，不然角色的對白就會變成編劇心裡的說明文字，而不是角色本身的想法。再者，不要在對白裡重複任何資訊，不要讓對白來回重複，舞台劇本可能有較多自由可以讓對白來回重複，但這在電影劇本裡是個大忌，對白不能重複講述動作說明裡的資訊。當角色說出：「滾出我家！」，

動作説明裡就不用加註「她向他咆哮」，對白裡的驚嘆號多少已經暗示了她正向他大聲咆哮。最後，試著讓一段角色對白不超過三行，若是喜劇的話，大概是兩行左右，這不是硬性規定，但如果你的對白大多是五行起跳，不妨停下來回頭看看，有沒有辦法讓對白變得更簡潔。

角色互動

　　角色説出一段台詞，另一個角色就必須回應，不論是對白、動作或情感上的反應都可以，角色間的每段對話都必須透露角色的某些特質，每一段對話都是！反應越誇張越好，這可是一部電影啊！讓反應在看起來還算真實的情況下加到最滿，太過誇張的話再收斂一點就好。如果某場戲太過無聊，那就問問自己，角色希望從這場戲獲得什麼，也可以把自己想像成扮演這個角色的演員。一場工作面試裡，求職者的動機是什麼？説服面試者錄取他們！求職者的每句話、每個動作都是出於想被錄取的渴望，你在這個當下想要獲得什麼？如果你得不到呢？會怎樣？編劇應該也要去上表演課，不需要去太昂貴的那種，社區大學或大學進修部開設的表演課學費都非常優惠，表演課是精進對白寫作的好方法！別想著要在不同角色中切換，專注在一個角色上，你就可以看見這個角色在不同場景中的多元面向。個性比較內向的編劇，可以透過參與這些課程增進社交以及提案的技巧，當你需要爭取一個很棒的委託劇本創

作案時就用得上。

角色特質

你寫的對白要有特色，不要聽起來好像都是你在說話，你應該賦予每個角色一個適合的形容詞，例如：有抱負的，沒安全感的、具有同理心的、積極的等等。你也可以在腦中選定理想的演員，他們可以是身邊那些與角色形象相符的聲音，也可以是能夠演繹出角色靈魂的知名演員。

配角

每個有對白的角色都需要擁有一項特質，即使是只有一句對白的演員也是如此，他們也是人。你越注意細節，整體敘事也會越真實，與其將串場角色命名為警察甲、女人乙，不如給這些角色一個形容詞，例如：鍋蓋頭警察、彪形大漢、膽識過人的女性。

精心打造每一個角色，不要隨便塞一些一次性的角色，你可以將一次性角色集中在某個角色上，這樣劇本也會比較流暢。

避免史酷比式地揭開真相

《史酷比》（Scooby-Doo）系列電影通常出現以下經

典橋段：一個看似毫無威脅性的角色，掀開面具後卻變成一個壞蛋，這中間完全沒有鋪陳，完全沒有任何徵兆！雖然觀眾喜歡看到同夥背叛自己人的橋段，但也不能因此隨便插入史酷比式的背叛橋段，而是要在整部電影裡埋好伏筆，等待時機一到全部揭露出來。《靈異第六感》裡，布魯斯威利回想過去種種跡象，讓他體認到自己已經死亡的事實，電影裡的種種伏筆換得了驚人的劇情轉折，這也是為什麼觀眾如此滿意這部電影，全球票房高達 6.72 億美元。

情感：感人的故事比感人的場面更重要

「我們的主要工作是創造情感，再來就是維持這份情感。」
—— 亞佛烈德希區考克（Alfred Hitchcock），導演，《北西北》
（North by Northwest）

　　《浩劫重生》編劇威廉布洛勒斯（William Broyles, Jr.）不曾困在荒島上，多年只與一顆名為威爾森的排球相處，但他實實在在地寫下他瞭解的「情感」。湯姆漢克斯在電影裡死地求生，終於在片尾回到文明世界，但這個朝思暮想的地方卻讓他感到十分疏離。威廉布洛勒斯寫下他熟悉的情感，這是他從越戰返家後經歷的感受，這份感受強大到能夠感動觀眾，因為是從靈魂深處而生的真實感受。

　　我們看電影是為了感受。

我們的感受會因為失去、愛、疏離等原因而增強，因此，我們也不會太意外，許多經典電影都是關於與社會脫節的故事，《浩劫重生》恰好抓住了此類故事的核心，但其中還是保有希望。湯姆漢克斯在整個第二幕裡，幾乎完全與文明社會脫節，但幸好身邊還有威爾森陪著他堅強的活下去，雖然威爾森只是一個物品，但我們還是十分嚮往這類的情感連結，所以我們相信他們之間的友誼。當威爾森從湯姆漢克斯身邊漂走，他聲嘶力竭地哭喊著威爾森的名字，觀眾一定也跟著心痛起來。

場景

當我們回想自己喜愛的電影，便會發現自己被一些感人的場面觸動心弦，但當我們試著寫出同樣感人的場面，卻很容易錯把它們分散在故事裡，原來我們都把優先順序放錯了，感動人心的故事才是重點。在亞洲典型的通俗劇裡，總會看到大量不知從何而來的哭喊場面，與電影敘事一點關係也沒有，編劇及／或製作團隊不顧一切塞進許多情緒強烈的場面，完全不管與整體敘事或角色是否相關。這種情況也反映在亞洲電影的預告片上，預告片裡總是充滿許多情緒化、戲劇性的場面，但卻看不到電影的故事前提，整部預告片的重點都放在某些場面上，而不是整體故事上，如此一來，便會危害到電影的整體性，這種預告片的剪法可能對亞洲觀眾有用，因為他們已經太習慣自己國家的電

影了，但這也導致電影無法大規模行銷到國外。亞洲電影預告片的剪法與美國的剪法相差甚遠，美國電影預告片的內容大概就是電影的第一幕，換句話說，預告片前半段會讓觀眾看到主角遭遇到的瘋狂局面，後半段則是利用一些精彩場面來吊觀眾胃口。一部電影若只把重點放在某幾個片段，而不是故事的整體，那麼這部電影觸及全球觀眾的機率就會降低。

表達愛意

永垂不朽的故事都與愛有關，盡可能讓角色用各種獨特的方式表達愛易，讓角色面對愛時脆弱一點，他們越害怕愛以及親密互動越好，角色展露越多情感，觀眾越能同理他們。你也可以試著將這套方法融入生活，面對愛時千萬不要退縮，我們做得到的，看看孩子，他們總是毫不保留地表達愛意，人生太短，沒時間後悔，將自尊、驕傲和邏輯都擺在一旁，勇敢面對愛，看看會產生怎樣的結果。

不用掩飾。

我們在日常生活裡比較拘謹，但在黑漆漆的電影院裡、坐在陌生人旁邊，反而比較容易真情流露，這樣的對比有其美妙之處。

劇本治療：消化建議和修改劇本

「任何東西的初稿都是狗屁。」
—— 厄尼斯特海明威（Ernest Hemingway），作家，《戰地春夢》（A Farewell to Arms）

　　恭喜你！你完成劇本初稿了，這是你的第一部電影長片劇本，所以更加值得嘉許！這不是件容易的事。若以本書內容為標準，能完成一部 90 至 105 頁的劇本，就是一名貨真價實的編劇，但現在，真正的寫作工作才正要開始。劇本是需要集眾人之力來完成的作品，記筆記以及吸收建議佔了編劇過程中很大一部分，歡迎參與劇本筆記療法，本書將帶領大家在撰寫劇本的過程中，學習吸收筆記內容和他人的建議，讓你的劇本越寫越好。

記筆記

　　創作劇本的過程中，你總會得到一些建議，誰都一樣，不管是奧斯卡得主還是億萬編劇，你都必須消化別人給的建議，但請不要照單全收，你不需要採納每一個建議，這麼做只會讓你的劇本變得很糟糕，但如果不採納任何建議，你的劇本會變得更糟糕。你最重要的資產是你的直覺，也就是你的才華，仔細審視、挑選對故事本身有幫助的建議就好，因為你採納的建議會決定劇本的角度。

　　埋在經理人、經紀人、編劇朋友、片廠高層、製片人、導演及／或演員等人提供的大量建議裡，你自然會有點招架不住，畢竟，評估哪項建議對劇本有幫助是一件困難的事，但切記絕對不能以人廢言，電影產業裡多數的創意人才都非常聰明，即使某些建議與你的想法相差甚遠，也請不要急著忽視它們，而是要仔細聆聽別人的建議，想像這些建議都來自你崇拜的編劇一樣。

　　給予與接受建議是一門十分巧妙的藝術，雖然某些建議不一定是最完美的解方，但它們卻常常不經意點出故事真正的問題，而關鍵就在於你必須弄清楚建議背後的意圖，同樣的過程重複幾次後，自然會形成一個適合你的系統，而不會因為多方的建議把自己搞瘋。

　　來自四面八方的建議有時可能會相互抵觸，一部票房大賣或廣受好評的電影也無法取悅所有觀眾，因此，在這個收取並消化建議的過程中，必須把無謂的自尊放在一邊，

從觀眾的角度看待劇本。

安全檢查

修改劇本時，請把自己當成安全稽查員，嚴格挑剔劇本中的漏洞以及過於單薄的架構，一定要非常客觀，仔細確認劇本框架是否穩固，你可以特別注意下方列出的幾個元素：

黃金三定律

每場戲不應超過三頁，有時四頁已經是極限，當然也有需要更多篇幅的例外情況，但劇本裡如果出現太多長達五頁的戲，你要不試著刪減某些部分，不然就是將篇幅較長的戲拆成幾場比較短的戲，另外，喜劇劇本傾向讓每場戲的篇幅限縮在二至三頁，並且讓對話帶動每一場戲。

動作和場景說明的每一段文字也不宜超過三行，如果某個橋段需要很長的場景說明，通常是劇情片、動作片還有驚悚片，為了節奏可以試著將其分成幾小段。

精簡

劇本的一頁大約是電影裡的一分鐘，如果某個打鬥場面在電影裡只出現十秒，那就不要花一整頁說明動作，以

英文劇本格式來說，就請將篇幅限縮在 1/6 頁內。

不完整的句子

你可以為了劇本節奏而使用一些不完整的句子，尤其是你在寫動作片和喜劇的時候，但用得過多就會適得其反。

保持穠纖合度

請避免讓劇本一整頁都是場景說明，而沒有對話穿插其中，即便是動作橋段，你也可以塞入一些襯墊的話，例如：「小心！」或「快阻止他！」，試圖找出動作和對白之間的微妙平衡。

調性

整部劇本的調性必須統一，如果是喜劇片，撰寫動作場面時要加入一點幽默；如果是動作片，撰寫動作場面時要帶入腎上腺素的衝動感，並注意整體節奏。

避免問答橋段

請避免讓角色不斷丟出問題，並由另一個角色花過長的篇幅回答，這會讓整場戲淪為無止盡的說明文字黑洞，

每段對白只關乎一件事。

角色

如果一場戲缺乏力量和張力，你可以問問自己在這個時間點，角色表面上或暗地裡想要什麼東西，再將角色的慾望精簡成一個動詞，不要越寫越離題，例如：

說服她
傷害他
激勵他們

地點

當場景過於老套，那就換個地點吧！但請先確認這個地點與角色及故事之間的關連性，腦力激盪一下，找出一個角色會去的地點，或者讓他們在這個不熟悉的環境裡感到不自在，這些方向可以幫助你打破老套的公式。

情感

劇本架構可以被教導，但卻沒人能教你如何去感受，一切完全操之在己，所有好電影都與感受有關，這是成功電影中最關鍵的要素，而「情感流動」讓觀眾銘記在心。

讀劇

現在你已經完成劇本修改及安全檢查，是時候聽到劇本被大聲朗讀出來的樣子，而不是只在你的腦中迴盪的聲音。找幾個演員朋友一起來讀劇，那些能夠快速進入角色、聰明的演員，先讓演員讀劇，如此一來，你便會得到他們對劇本的直覺反應，就像閱讀劇本的製作人一樣。我很喜愛冷讀劇時，演員全心投注在角色並追蹤其發展的樣子，劇本裡任何不通順或不一致的地方，他們也會讓你知道，某些對白在你腦中聽起來可能很厲害，但如果演員一直無法順暢地讀出對白，那可能就表示你必須修改一下，如果演員很難來到你家讀劇，你一定也有曾在高中或大學裡醉心表演的朋友可以幫忙。

編劇互助會

不論事業發展到哪個階段，編劇團體都能帶給你很好的支持，雖然可能不是每個人都在寫電影劇本，他們也可以在寫舞台劇、小說、電視試播集劇本等，但只要成員們都致力於說故事，他們就是最棒的戰友。你們可以大概兩星期聚會一次，團體裡的同行編劇都會真心希望你能成功，這絕對是最有價值的鼓勵，多棒的禮物啊！如果你還是大學生，可以多去參加劇本工作坊，認識一些氣味相投的編劇，即使離開了學校，你也可以報名大學進修部的課程，

有些課程甚至還能線上同步。如果你住在一個偏遠的小鎮，整個鎮上就真的只有你一個人熱愛寫作，那麼我會推薦你去參加奧斯汀影展的編劇研討會，對講座滿檔的編劇來說，這個研討會真的是首選，參加成員從新手編劇到資深編劇都有，你可能因此認識一樣熱愛說故事的編劇！現在有了科技的幫助，你也可以利用視訊舉辦編劇聚會，讓這個很棒的團體成為你在創意上的救生索，幫助你把劇本越寫越好。

視角不同

編劇可能會認為自己像二等公民，因為沒人看得到他們的寫作過程，大家都看得到演員在演戲，導演在導戲，設計師設計出來的成品，但在我看來，編劇的作品是電影發行前唯一的有形資產。編劇是第一批獲得工作報酬的電影工作者，如果電影劇本沒有獲得綠燈放行拍攝，導演、演員、攝影師、製片和劇組人員就沒有工作可做，當劇本無法開案或陷入無法繼續發展的深淵裡，編劇只要動用紙筆再寫新的一部劇本即可，不管奧斯卡得主或新手編劇，都是使用相同的工具。

拼命三郎

不要為自己設定時限，時限在劇本裡可以發揮很好的

功效，但對你的編劇事業不一定是好事，你不需要急，不需要為自己設下太多未來的目標，例如：幾歲前要賣出多少劇本，你這樣會把自己搞瘋，帶來負面的影響。寫作是一種生活方式，你必須持續利用最好的素材創作出最棒的故事，堅持不懈，這才是你需要做的事。

樂在其中

如果你突然感受不到寫作的樂趣，請試著找出其中的原因，並試圖讓自己重拾寫作的喜悅，

我承認，

撰寫劇本可以很痛苦，我也絕對不是無時無刻都能文思泉湧，如果你有同樣的感受也沒關係！

那我為什麼還是持續寫作呢？寫出一部新劇本無疑是我最開心的時刻，撰寫每部劇本的過程中，我都在追逐這份開心的感受，有點病態，對嗎？但感覺真好。雖然聽起來有點天真，但我真心相信故事可以改變世界，秉持這個信念，不要太看重劇本，重要的是傾聽彼此，全然相信直覺以及撇開自我是十分重要的，調整自己的觀點可以幫助你看見每部劇本的樂趣所在。

過程：持續寫作

「靈感是業餘愛好者創作的理由，其餘的人就只是不間斷地
創作。」
── 查克克洛斯（Chuck Close），畫家，《約翰像》（John）

　　小說家靠閱讀小說精進自己的寫作功力，編劇也應該閱
讀劇本，而不是直接看電影，特別是那些你還沒看過電影
的劇本，這是培養劇本風格最好的方法。每年只要到了電
影獎季，美國電影公司都會在網路上釋出一些即將爭奪奧
斯卡的電影劇本，只要直接搜尋電影英文名稱加上關鍵字：
「screenplay pdf」就能找到了，另外：www.dailyscript.
com 這個網站也收集了許多美國電影劇本。那麼究竟要閱

讀多少劇本才夠呢？多多益善囉！你可以先從一周閱讀一部專業劇本開始。

寫作流程

　　說得更精準一點，應該是建立寫作系統。除了寫作上的基本要領外，產出作品的流程也很重要，幫自己規劃能夠出產大量作品的系統，讓你在看到新劇本的空白頁時，能夠緩解心理那份恐懼。一部長片劇本的寫作時間不應該超過十二週，業界也期待專職編劇能夠在十二週內完成一部劇本，當然，每個人工作的方式不一樣，以我為例，我的手邊隨時都在撰寫三部不同發展階段的劇本：

階段一：概念及劇情概要
埋下種子：構思劇本的概念及想法

階段二：角色開發及條列劇情大綱
準備工作：形塑主角和對手，將故事分解成條列劇情大綱

階段三：撰寫劇本
撰寫稿子：一旦完成一部劇本的初稿，緊接著去完成下一部在階段二列好大綱的劇本。再將階段一的劇本寫成條列劇情大綱，同時產生新的劇本點子，

這個系統讓我的工作流程能夠像生產線一般運轉。

輔助輪劇本

你是不是快被這些比喻搞瘋了？還沒完呢！撰寫劇本就像組裝家具，我第一次組裝 Ikea 家具時，花了好幾個小時，總是有地方可以出錯！但專業的組裝人員只要花幾分鐘就搞定了，而且成品十分完美！為什麼呢？因為他們組裝過幾百件傢俱！各種形狀和尺寸都有。凡事都需要經過練習才會精通，如果沒有練習個幾千小時，少說也要幾百個小時。

我很喜歡一則關於畢卡索的奇聞軼事，如果你沒聽過這則故事，情節大致如下：畢卡索與資助人在巴黎的咖啡廳裡，資助人請他在餐巾紙上作畫，畢卡索答應了贊助人的要求，並以極快的速度完成，他把作品交給資助人並向她收取天價，資助人驚訝地表示：「這幅畫只花了你一分鐘的精力！」畢卡索回道：「不，這幅畫花了我四十年的功力。」

劇本寫多了，自然也就越來越上手，一般來說，大概要完成四部長片劇本後才能掌握要領。奧利佛史東（Oliver Stone，代表作如：《華爾街》（Wall Street））顯然寫了超過二十部劇本，史考特羅森堡（Scott Rosenberg，代表作如：《猛毒》（Venom））寫了十部才賣出第一部劇本，這些編劇鐵了心成為編劇。順帶一提，奧利佛史東以

《午夜快車》（Midnight Express）的劇本拿下奧斯卡獎後才去執導《前進高棉》，法蘭西斯柯波拉寫了《巴頓將軍》（Patton）的劇本後才去執導《教父》，達米恩查澤雷寫了《驅靈：最後大法師 2》（The Last Exorcism Part II）的劇本後才去執導《進擊的鼓手》（Whiplash），如果你未來想要導戲，撰寫劇本會是很好的入門途徑，可以參考看看。

不要妄想用中樂透的心態撰寫劇本，雖然很多書籍、部落格和研討會都會過度渲染一夜成名的魅力，但撰寫劇本並沒有捷徑，完全沒有，這些編劇在一夜成名前，都歷經了十幾年的努力，因此，如果你願意下苦功，凡事都有可能。

寫作時間表

荒廢寫作最常見的藉口就是沒有時間，因為全職工作以及家庭事務導致沒時間寫作，這些都是藉口，如果你相信這些藉口，就永遠不會安排寫作的時間。請將寫作視為需要準時打卡上班的工作，雖然聽起來很不浪漫，但你不能全靠靈感寫作，即便你真的這麼做，也不可能會有大量的產出。有時你可能坐了五小時只擠出五個字，但也可能一坐下來就寫了十五頁！所以你必須憑藉著努力寫作。我聽說過一名曾是全職律師的業界知名編劇，他甚至還有家庭事務要忙，但為了安排自己的寫作時間，他可以每天晚上 10 點就寢、早上 4 點起床，專心寫作兩小時，不受家庭

和工作干擾，等到早上 6 點，他再為孩子準備早餐、送他們上學，開始法律事務所內一整天的工作，他做到了。

雖然一部長片劇本大約是 90-105 頁，但其中有很多留白的部分！假設每天都寫一場三頁的戲，並按部就班執行，不用花到一整個月就可以完成一部劇本。開始工作前的幾個小時是很理想的寫作時間，因為這時你的腦子還沒有太多雜念，如果你很難早起，那可以試試看利用下班時間寫作，與其塞在下班車潮裡，不如在辦公室或咖啡廳裡花幾個小時寫作，如果你是以捷運或高鐵通勤上下班，也可以利用無聊的車程來寫作，Ｊ‧Ｋ‧羅琳（J.K. Rowling）就是一個很好的例子。

在筆電上寫作，在智慧型手機上寫作，在筆記本上寫作。

盡可能在生活中為寫作保留一個位置，設定時限，這是專業編劇工作的方式，如果不這麼做，你永遠不會正視寫作這件事。

提綱

若因劇本進度落後而感覺進入撞牆期，你可以試試看這種雕琢劇本的方法，尤其是當完美主義讓你裹足不前時特別有效。首先，根據條列劇情大綱，以最少的字列出劇本裡每場戲的動作和場景說明，例如：「盧卡斯坐下」和「安踢了球一下」，再寫下對白的主旨，你可以寫得非常精確，

也可以大致交代每場戲必須發生什麼事，因為多了這個步驟，整部電影的每一場戲都能完全呈現在你面前！從心理學角度來看，這麼做能帶來成就感，也能幫你認清每場戲的重要性，一旦你定下了每一場戲後，便可以回到前面重新雕琢動作說明、場景說明和對白細節。

恐懼

編劇都很害怕面對空白頁，不論寫過再多劇本、製作過再多電影、得過再多獎項都一樣，這種恐懼會隨著新計畫的開展，再次蔓延到身體的每一處，你會開始懷疑自己的能力，或者想著自己這次的作品是否能超越前作。

這份恐懼也持續督促我們交出最好的作品。

如果你一點也不恐懼，那麼你的文字就會失去那份讀者能夠同理的脆弱感。

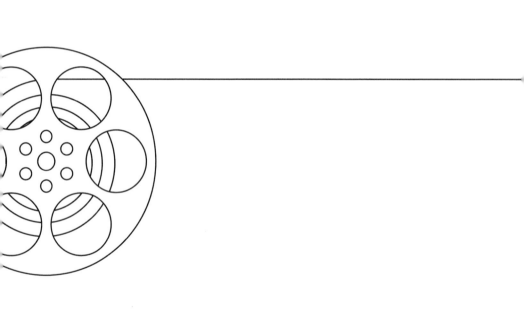

PART 3
離開瘋人院：編劇的專業知識

「劇本是最重要的，如果劇本基礎穩固，其中的要素自然會安置妥當，你就有機會成功⋯反之，如果劇本基礎不穩，那鐵定沒機會成功。」

—— 提姆畢文（Tim Bevan），Working Title 電影公司聯合董事長暨製片，《愛的萬物論》（The Theory of Everything）

13

工作流程：從劇本到電影院

「我不會試著猜測其他一百萬人喜歡什麼，光要弄懂我喜歡
什麼就已經很困難了。」
—— **約翰休斯頓（John Huston）**，編劇兼導演，《非洲皇后》
（The African Queen）

　　一切是怎麼運作的呢？盡力將自己的長片劇本改到最
好之後，接下來會發生什麼事？劇本最終是如何躍上大螢
幕的？「片廠」體系和「獨立製片」體系又有什麼差別？
梅爾吉勃遜（Mel Gibson）的《鋼鐵英雄》（Hacksaw
Ridge）、馬丁史柯西斯（Martin Scorsese）的《沈默》
（Silence）以及盧貝松（Luc Besson）的《星際特工瓦
雷諾：千星之城》（Valerian and the City of a Thousand
Planets）都是獨立電影，獨立電影並不單指預算低或尚未

成名的導演所拍的電影，獨立電影只是代表這部電影的資金並不完全來自主流電影公司。

電影製作公司和片廠又有什麼差別？

好萊塢片廠

片廠體系就是一條龍作業，傳統的主流片廠都具備雄厚的財力，如：迪士尼／福斯（Disney / Fox）、派拉蒙（Paramount）、索尼（Sony）、環球和華納（Warner Bros）等，足以獨立購買劇本或出資拍攝電影，隨著電影預算直線攀升，這些主流片廠也常常與其他製作公司合資以降低風險，例如：傳奇影業（Legendary Entertainment）、天空之舞（Skydance），或者中國的騰訊影業、阿里巴巴影業等，片廠本身就具備行銷和發行電影的平台，主流片廠旗下的發行商遍布世界各地。

那麼劇本是直接賣給片廠嗎？

是也不是，片廠是劇本的「買家」，他們出錢購買你的智慧財產權，藉此擁有你的劇本，並持有電影完成後的相關權利，但片廠手上有太多電影計畫都在製作中，所以他們不負責電影的「創意部分」，而是由旗下簽約的製片負責，如此一來，他們就可以在第一時間看到信任的製片想要拍攝的電影計畫。如果片廠同意製片的提議，就會買下劇本

讓製片開發成電影，但劇本和電影最終還是歸片廠所有，畢竟付錢的是他們，但相對的，片廠也會付一筆錢給製片以取得優先開發權。如果片廠和編劇間有著良好的合作關係，有時也會直接從編劇端買下劇本或智慧財產權，再指派一名製片開發劇本，有些品味和挑片紀綠極佳的金牌製片，雖然沒有和片廠簽約，卻和片廠有著密切的合作關係，他們也會引介具有電影潛力的企劃至片廠開案。

製作公司

金牌製片通常都有自己的製作公司，一般來說，當我們一想到製片，就會想到籌措資金，在獨立製片界或許是如此，製片大部分的時間都在尋找資金來源，但在片廠體系裡，製片完全不需要擔心資金，因為他們有和片廠簽約。從傳統分工來看，製片的工作是找出原創的智慧財產，不論劇本、故事提案、書籍、短篇故事、雜誌文章、圖像小說、外國電影、遊樂園設施或玩具都行，只要他們能看見這些東西的電影潛力即可，接下來，製片會將他們的想法交給片廠，由片廠決定是否購買相關權利，其中的權利金、劇本佣金和修改費等過程中所需費用加總起來，可能會逼近幾百萬美元。

經紀人 → 製作公司 → 片廠

完成待售劇本（spec script）後，經紀人會幫你尋找可能的買家，原文裡的 Spec 是 speculative 的縮寫，在你獨立完成劇本的這段期間，並不會獲得任何報酬，要等劇本寫完後拿到市場裡才會知道能否賺得到錢，整個過程會分為兩階段。首先，經紀人找到與「買家」有關係的製片，這些買家可能是片廠或獨資電影公司，經紀人也可能幫你找已經和目標片廠簽約的製片，那些有興趣的製片會帶著劇本回到他們隸屬的片廠，說服片廠認購劇本回來開發成電影。

劇本如何被賣掉

常見流程如下：經紀人將劇本寄給製片，這些製片通常都有和索尼、迪士尼、派拉蒙等片廠簽署優先開發合約，接著可能會發展成以下三種情況：

1. 所有製片都**放棄**這部劇本，表示劇本賣不出去。
2. 索尼簽約的製片**願意**購買，但迪士尼和華納的製片不打算購買，於是索尼的製片將劇本交給片廠，讓片廠決定是否認購劇本的開發權，並加入待拍名單中。如果索尼同意，那麼劇本就賣出去了；但如果索尼不同意，那就沒戲唱了。

3. 索尼、迪士尼和華納的製片**都有意願**購買劇本，三間片廠**都同意**讓旗下製片認購此劇本，那麼就會出現「競價」的局面，這通常是同一部劇本出現多個買家時的情況。

這是劇本銷售大致的走向，有些劇本一開始可能賣不出去，但卻引起關注或招來惡名，最後劇本再利用這些名聲成功賣出後拍成電影。

開發與製作主管

經紀人送來的劇本會先由製片底下的開發主管閱讀，接著才會由它們推薦給製片老闆，當電影還在創意開發階段，這些主管幾乎每天都要與編劇一起工作。

一間製作公司的高層組織架構大概如下方所列，員工的多寡取決於公司規模的大小，新手製片底下可能只有幾位主管，但傑瑞布魯克海默（Jerry Bruckheimer）等級的大製片底下可能就有好幾位主管，分別待在電影和電視組裡。

首席／製片
總裁／製片
執行副總裁
資深副總裁
副總裁

開發部經理

創意總監

故事編審

助理

實習生

　　開發主管的工作是閱讀並找出具有電影潛力的劇本和智慧財產，製作公司一旦認購了這些智慧財產的開發權後，開發主管就會開始將劇本裡的創意發揮到淋漓盡致，並協助製片加入一些能夠包裝劇本的關鍵元素，如：導演、演員等。劇本進入製作階段後，開發主管的工作包含幫助製片監督電影的前置、拍攝以及後製作業。規模較大、電影產量豐富的公司可能會設有多名製作副總裁，各自監督正在拍攝中的電影計畫，片廠在開發部門的組織架構大概也長這樣，片廠主管也會監督每個製片和電影計畫。

廣泛撒網

　　劇本的客群可以很「廣泛」，也可以很「精準」，廣泛撒網就是盡可能讓越多人來爭取同一部劇本，精選客群則是將劇本交給少數幾個可能有興趣的製片。廣泛撒網的好處之一是讓新手編劇有機會認識製片或開發主管，最後，即使劇本沒有賣出去，也能當作寫作樣本為未來的合作機會鋪路。

附加價值

待售劇本進入市場前，有時會先鎖定特定導演或影星以增加開案機會，真實故事改編的劇本或具有挑戰性的角色很容易影星，綜觀歷屆奧斯卡影帝后的提名和得獎者，他們飾演的角色往往都取材自真實人物，不然就是角色歷經地獄般的磨難。如果你已經消化了本書關於主角的章節提供的技巧，並創造出了一個感動人心的故事，你就比別人更有機會邀請到最好的演員。

劇本賣出了，然後呢？

片廠認購劇本後，製片及開發主管會與編劇合作修改劇本，有時甚至還會聘僱其他編劇負責修改，劇本修改到一個令人滿意的版本後，製片就會為開發完成的劇本配上導演和演員，劇本包裝完成後，製片會對片廠進行預算和相關細節的簡報，片廠可以決定綠燈放行這個電影企劃，並投入拍攝電影的資金；片廠也可以放棄這個計畫，將計畫退回給製片，到時候，製片可以再把這個計畫拿去到處兜售，如果其他片廠願意認購製作，他們就必須負擔相關的開發費用。

劇本就像新創公司，劇本期待片廠綠燈放行，如同新創公司期待在證交所首次公開發行上市，但大多數的新創公司都面臨失敗的窘境，這也是為什麼矽谷投資人總是分

散投資，希望總有個計畫可以讓他大賺一筆。劇本從開發階段就已經處於虧損狀態，從僱用編劇、分配高層的時間來開發素材，到認購書籍、電玩和人生故事等智慧財產權，整體成本會一直往上增加。片廠還會在電影計畫的不同階段，聘用許多編劇以確保拿到最棒的劇本，劇本在開發過程中不斷消耗資源，直到獲得那個期盼已久的綠燈，才得以放行開始拍攝，所以一個電影計畫需要至少 1 億美金的製作預算是很合理的，因為有了開發階段的巨額投資，才能造就電影的全球性大成功。

這一切對你來說有什麼意義？

你不必熟知電影從劇本躍上大螢幕的所有細節，但身為編劇，還是必須大致了解劇本在業界的相關運作機制，到頭來，你的工作還是雕琢劇本，如果劇本賣不出去或拍不成電影，你至少知道有多少因素牽涉其中，有些事情是你無法控制的，這也是為什麼人們常說電影本身就是個奇蹟。

籌組團隊：好萊塢經理人與經紀人

「我們投資的是旗下編劇的事業…而不是劇本,這也是為什麼二十年來,我都為同一群人代理業務。」

── 羅賓梅辛格(Robyn Meisinger),Anonymous Content 主事者之一,經理人與製片

　　考慮簽約經紀人和經理人以前,請先確認自己已經準備好了幾部劇本作品,沒錯,你要準備超過一部劇本,以防他們要求看看其他作品,盡你所能將劇本修到最好。經紀人或經理人幫忙負責業務的同時,也會支持旗下編劇在創意上的努力,旗下編劇只需專注寫作,讓他們幫你在好萊塢這座巨大的電影製作機器中找到方向。從編劇、導演、演員到剪輯師、攝影師等電影的主創人員,身旁都有經紀人或經理人幫忙尋求工作機會,如同交由值得信任的朋友

幫你安排約會，這樣不是很理想嗎？朋友為你美言幾句總比你自誇的效果好。

你需要經理人才能開起事業嗎？可以這麼說。你需要經紀人才能在好萊塢立足嗎？沒錯。你需要聘請律師嗎？有的話也不賴。

經理人

你的第一份代理經紀約很可能簽給編劇經理人，他們的工作是什麼呢？你可以將他們看成房地產開發商，投資標的是編劇的長期事業，他們會和你一起撰寫大綱、閱讀劇本草稿，並提供寶貴的建議，他們會帶領你實踐創意，但也不是說經紀人不會在創意方面提供協助，業界一定有經紀人有能力這麼做。

然而，現今大部分都是由經理人負責提供創意協助，分進合擊。經理人透過提供服務收取 10％ 的佣金，他們能夠處理創意相關工作，也能處理業務工作；他們懂故事，也懂市場，他們甚至可以幫助編劇規劃時程。你可能想到一個很棒的電影題材，關於火星地下世界的機器人大戰之類的，但經理人會告訴你，這個題材已經有片廠積極開發類似的電影計畫，不是每個市場裡的電影計畫都會被公布，很多計畫是不會公布相關內容的，你因為身旁多了這名可貴的合作夥伴，而不用浪費三個月撰寫一部難以開案的劇本，話雖如此，如果你有一部死前必須完成的劇本，那麼

好的經理人也應該支持你完成才對。

　　經理人沒有執照，但他們可以製作電影，如果你的經理人公司可以開案製作電影，那他們就不會抽佣金，而是改收製作費，由凡事替你著想的經理人／製片幫你安排一切，這對編劇來說是最有利的，經理人可以協助你拿出最好的表現，讓你的劇本成功拍成電影。

　　下方列出三間我自己很欣賞，同時也很照顧編劇的經理人公司：

Anonymous Content

　　看看他們製作過的電影，你就可以瞭解他們擁護的故事類型，從旗下影人的角度來看，Anonymous Content 似乎是由藝術家的心和靈魂所驅動的公司。他們的旗下導演十分多元，反映了公司放眼全球市場的多元包容作風，作為業界數一數二的經理人公司，他們在製片和代理業務上取得巧妙的平衡，經手的任何事都能獲得很好的成效，他們不僅為許多厲害的演員、編劇和導演代理業務，也製作出了許多廣受好評的奧斯卡得獎電影以及名聲響亮的電視劇。

　　電影製作：《驚爆焦點》（Spotlight）、《神鬼獵人》（The Revenant）、《王牌冤家》（Eternal Sunshine of the Spotless Mind）

　　電視影集：《無間警探》（True Detective）、《漢娜的

遺言》（13 Reasons Why）、《駭客軍團》（Mr. Robot）

　　知名客戶：艾方索柯朗（Alfonso Cuarón，代表作如：《羅馬》（Roma））、凱瑞福永（Cary Fukunaga，代表作如：《007生死交戰》（No Time to Die））、艾瑪史東（Emma Stone，代表作如：《樂來越愛你》）

Mosaic

　　Mosaic 是一間專攻喜劇市場的老牌公司，為許多好萊塢一線喜劇明星代理業務，我在奮進娛樂公司（Endeavor）合作過的經紀人，目前在此擔任編劇經理人，她為旗下影人提供一流的服務，我相信這也反映了這間公司的企業文化。

　　電影製作：《B咖戰警》（The Other Guys）、《霸凌女教師》（Bad Teacher）、《特務行不行》（Get Smart）

　　知名旗下影人：威爾法洛（Will Farrell，代表作如：《家有兩個爸》（Daddy's Home））、賈德阿帕托（代表作如：《好孕臨門》）、傑洛奇（Jay Roach，代表作如：《門當父不對》（Meet the Parents））

Kaplan/Perrone Entertainment

　　從這家小而美的公司成立之初，我就一直關注其發展狀況，Kaplan/Perrone Entertainment 一直都是專攻旗下編

劇，公司的共同創辦人是西北大學的校友，他在過去常常慷慨地空出時間，與我的學生分享業界經驗，即便他本人有時無法親自到場分享，他也會推薦公司裡另一位厲害的經理人到我的班上演講，他們都是品格高尚、真心熱愛寫作的人。他們旗下編劇的作品經常名列好萊塢頗負盛名的年度黑名單（Black List），黑名單上所列的作品都是尚未開案製作的劇本潛力股。

電影製作：《新郎不是我》（Made of Honor）、《末日預言》（Knowing）

知名旗下影人：史考特諾伊史達特及麥可魏博（Scott Neustadter and Michael Webber，代表作如：《戀夏（500日）》（500 Days of Summer））、拉吉夫約瑟夫（Rajiv Joseph，代表作如：《超級選秀日》（Draft Day））

其他信譽良好的經理人公司包含：Industry Entertainment、Management 360、3 Arts、 Grandview、Circle of Confusion、LBI Entertainment、 Gotham Group、Good Fear、 Artist First、Brillstein Entertainment Partners 等。

經紀人

除非透過經紀人或經理人遞案，否則製作公司通常不會接受「主動提案」，其中原因有二：第一，避免法律紛爭，第二，為了事先篩掉品質不夠好的素材。經紀人必須考取

執照且受法律規範，他們不能製片，州法律也規定了很多他們不能做的事。多數編劇都有經紀人和經理人，即便是奧斯卡得主也一樣，理論上來說，經紀公司代理的劇本和編劇都會先通過審查，具有一定水準，如同房地產經紀人會等到你的房子準備好上市，再賣掉你的房子，他們會從某個角度找出最適合的買家；編劇經紀人也知道片廠和製作公司在尋找怎樣的劇本，以及哪些委託劇本創作案開放職缺，經紀人為你提供服務以賺取 10% 的佣金，他們負責協商交易中的協議，默默努力工作，讓製作公司和片廠願意閱讀你的劇本，經紀人也像媒人一樣，為你媒合品味相似、有機會合作的製片、編劇、導演。

順帶一提，即便大牌如史蒂芬史匹柏（Steven Spielberg），他一樣聘請經紀人從旁幫忙！

下方我也會列出三間經紀公司，並提供一些個人看法。

聯合精英經紀公司（United Talent Agency, UTA）

UTA 是一間提供全方位服務的大型經紀公司，為頂尖的內容創作者和人才代理業務，其海外分部遍布世界各地，深耕喜劇領域多年的他們，旗下擁有許多好萊塢最炙手可熱的喜劇人才。雖然公司不少影人皆有參與好萊塢鉅片的演出，但他們也十分鼓勵旗下藝術家開發出具有個人風格的企畫，UTA 的規模雖然龐大，但投注在每位影人身上的心力也不會太少。

知名旗下影人：柯恩兄弟（Joel and Ethan Coen，代表作如：《險路勿近》（No Country for Old Men））、安潔莉娜裘莉（Angelina Jolie，代表作如：《永不屈服》（Unbroken））、克里斯普瑞特（Chris Pratt，代表作如：《星際異攻隊》）

威廉莫里斯奮進娛樂公司（簡稱「奮進公司」，William Morris Endeavor, WME）

超過百年歷史的威廉莫里斯事務所（William Morris Agency）與奮進人才事務所（Endeavor Agency）於2009年合併，成立了威廉莫里斯奮進娛樂公司，為線上線下的頂尖人才代理業務。兩間公司合併前，我曾是奮進人才事務所的影人，奮進對編劇來説十分理想的經紀公司，雖然這間公司拓寬了業務範圍，但他們在各個領域都佔有舉足輕重的地位。

知名旗下影人：吉莉安弗琳（Gillian Flynn，代表作如：《控制》（Gone Girl））、巨石強森（Dwayne Johnson，代表作如：《野蠻遊戲》（Jumanji））、莎莉賽隆（Charlize Theron，代表作如：《極凍之城》（Atomic Blonde））

Verve

我以前在奮進合作的經紀人在公司合併後，決定與伙

伴創立了這間小而美的經紀公司，Verve 真心呵護著每一位故事創作者，因此在業界贏得了許多好名聲。這間公司專供各式媒介的編劇和導演，影人在這裡不會受到忽視。

知名旗下影人：柯林崔佛洛（Colin Trevorrow，代表作如：《侏羅紀世界》（Jurassic World））、麥可安特（Michael Arndt，代表作如：《小太陽的願望》（Little Miss Sunshine））、梅格蕾法芙（Meg LeFauve，代表作如：《腦筋急轉彎》（Inside Out））

其他頂尖的經紀公司包含：Creative Artists Agency（CAA）、International Creative Management（ICM）Partners、Gersh Agency、Paradigm Agency、Agency for the Performing Arts 等。

律師

許多編劇傾向與娛樂事務律師合作，雖然經紀公司會在合約相關事務上提供編劇建議，但律師會更仔細地檢視合約裡的細項，規模較大的經紀公司轄下會設立商務部門，專門幫客戶檢查長篇合約，如果合約內容更複雜，編劇也會自行聘請律師。律師服務的收費標準 5% 的佣金，你千萬要記得，不能隨便聘請一名稅務律師幫你商談劇本合約，娛樂事務律師業務範圍比較特殊，業界的律師大多經驗老道，你通常只在有人開價購買你的劇本時才會需要他們。

如果同時聘請經理人、經紀人和律師幫你處理手上的

業務，你就需要花費收入的 25% 支付佣金！這個數字看起來好像很多，但在我看來，收入零元的 25% 也是……零元。每個幫你代理業務的人都扮演著一個特定的角色，你簽了越多工作合約，他們就賺越多錢，那些要你預支佣金的經紀人或經理人一定是騙子！離他們越遠越好，也要警告你身旁所有朋友遠離他們。我知道你有多嚮往與經紀公司或經理人公司簽約，因為這樣才能證明你投入作品的心力是值得的，但是如果他們要求預支費用，那麼一定不是合法的專業人士，你總不希望一名可疑的代理人，整天打著你的名號在外面招搖撞騙，畢竟到頭來，你的經紀人和經理人最終還是代表你。

我真正需要的是什麼？

進行合約的協商和談判時，你會需要經紀人或律師陪同，因為法律上只有允許這兩類人來做這件事。雖然經理人時常擔任媒人的角色，幫你尋找與製片以及片廠合作的機會，但一般情況下，單靠經理人無法合法地幫你接到工作。有些編劇只有經理人和律師，有些只和經紀人合作，非常少數的藝術家只和律師合作，但比爾莫瑞（Bill Murray）就是其中之一！他沒有經紀人，沒有經理人，只有律師，很顯然地，你必須撥打傳說中的那組免付費電話號碼，才有機會邀請請比爾莫瑞出演電影，這種工作模式真是太棒了！

我要怎麼找到這些人？

　　這是一個很矛盾的情況，照理說，你要先有經理人陪你一起寫出好劇本，再讓他們聯絡合適的經紀人，經紀人如果對你的作品感興趣，就會幫你代理劇本，但是你的劇本要夠厲害，才能吸引好的經紀人幫你銷售。大型經紀公司通常不會簽下沒有經歷、沒有劇本銷售經驗、沒有接過委託劇本創作案的編劇，不過，當然也有例外情況，你若具備絕無僅有的技能，再加上多元包容的觀點，鐵定能吸引許多經紀公司；你也可以透過在大型電影節大放異彩、劇本競賽得獎或榮獲編劇獎助金等方式，讓經紀公司或經理人公司開始關注你。

勇闖電影產業：電影學校及相關競賽

「重要的是不要停止發問，不要弄丟了與生俱來的好奇心。」
—— 阿爾伯特愛因斯坦（Albert Einstein），物理學家兼作家，《我眼中的世界》（The World As I See It）

　　每位編劇的養成之路都截然不同，許多專業編劇並不是電影學校出身，也沒有入圍過任何劇本獎，但這兩種方式可以算是最有用的策略。然而，我也只能為我的經驗和看法背書，我是電影學校的畢業生，也有入圍過劇本競賽。

電影學校——劇本創作碩士（MFA）

　　有人說藝術碩士（MFA）可謂新興的企業管理碩士

（MBA），我很相信這種說法！取得劇本碩士就保證能以此為生嗎？不竟然如此，但你會接受嚴謹的訓練和引導，以及學會如何在時限前完成工作。藝術碩士之於編劇的關係，你可以想成國家大學體育協會（National College Athletic Association, NCAA）之於籃球員和足球員，UCLA、南加大（USC）這類頂尖校隊的運動員畢業後，多少人能成功晉升職業選手？只有一兩個？不管怎樣，你在校隊裡一定會接受紮實的訓練，並因為參與許多比賽得到一定的曝光度！擁有曝光度就表示身為校隊成員的你具有專業潛力。藝術碩士之於編劇上也是一樣的道理，你會和其他編劇一起在創意中奮鬥，彼此互相激勵創作出最好的作品，如同職業運動選手會從大學校隊中脫穎而出，經理人和經紀人也會從頂尖的電影學校中發掘明日之星。

就讀 UCLA 編劇碩士期間，我獲得了出乎意料且足以改變人生的體驗，我遇到來自各行各業、各種出身背景的編劇，有人是來自香港的英籍退役警官，有人是 Lucida 字體的共同創辦人及麥克阿瑟獎金得主，看看他們的人生經歷多麼豐富啊！即使是已經享有名聲的專職編劇，也會回到學校攻讀編劇碩士，為什麼？因為他們願意持續學習，如果我在編劇界沒有闖出什麼名堂，我可能也會回去重讀編劇碩士，很瘋狂吧？就讀碩士期間，我遇過許多非常不可思議且熱情洋溢的編劇，我完全不想離開學校！或許這也是我決定回到學校教書的原因，如此一來，我可以繼續留在這個圈子裡，持續認識許多獨特的朋友及觀點。

那麼何不在大學時期就主修編劇？除非你就讀愛默生學院（Emerson College）……否則我建議你選擇別的系，下方會詳細介紹相關細節。身為編劇，擁有其他領域的學位能讓你的故事變得更豐富，你隨時都有機會選修編劇課，或者參與一些沒有學位的進修課程。

　　下方也會列出三間我曾任教過的學校，如果你認真想接受編劇訓練……可以考慮看看。

愛默生學院 —— 影視編劇藝術碩士（MFA Writing for Film and TV）
www.emerson.edu

　　老實說，我是愛默生學院的終身副教授，因此，我一定會偏愛這所學校，但同時也能給出第一手的資訊，我真心相信他們為大學生提供了最好的電影專業課程。如果你走進一個劇組，一定會遇到至少一個愛默生學院的校友，同時我也想強調他們經驗豐富的教師，在追求卓越教學品質的同時，也積極參與編劇工作，這反映了學校的高專業水準以及在業界的人脈，若想在大學時期修習影視相關領域學程，那麼愛默生學院是我唯一推薦的學校，這些學程都隸屬於視覺與媒體藝術學系。愛默生學院近期畢業的校友包含：《DC明日傳奇》（Legends of Tomorrow）的劇集統籌、網飛製作並榮獲皮博迪獎的《美國高中破壞公物事件》（American Vandal）劇集主創人，以及丹尼爾雷德

克里夫主演的《屍控奇幻旅程》（Swiss Army Man）的編導等。

　　碩士學程方面，愛默生學院近期設立的影視編劇碩士學程也相當出色，這是一個為期兩年、十分創新的短期駐校學程，大部分課程都採取線上授課，也就是說學生可以住在世界各地，他們不需要暫停現有的生活，也不用為了學習編劇而搬到學校所在地，有些編劇可能還有全職工作、有家庭，或者因為其他重責大任而無法搬到洛杉磯或波士頓，那麼這無疑是個十分理想的選擇，學生修完所有課程後就會擁有一個作品集，內含短片劇本、長片劇本以及原創的電視試播集劇本。影視編劇碩士一屆只招收十二名學生，教師和學生會在學期間的線上課開始前先行碰面，進行為期一週的面授課程，上學期在波士頓校園，下學期則是在洛杉磯教學中心，在這一週的駐校期間內，學生會參與頗負盛名的 Semel Chair 大師講座，由業界知名編劇帶領編劇工作坊，一起討論學生的作品。過去曾參與過 Semel Chair 的大師講者如：金球獎及艾美獎雙料得主吉兒索洛威（Jill Soloway，《透明家庭》〔Transparent〕的主創人）、克莉絲塔維爾諾夫（Krista Vernoff，《實習醫生》〔Grey's Anatomy〕的劇集統籌）、葛拉罕摩爾（Graham Moore，以《模仿遊戲》〔The Imitation Game〕榮獲奧斯卡最佳改編劇本）、達斯汀藍斯布萊克（Dustin Lance Black，《自由大道》〔Milk〕榮獲奧斯卡最佳原創劇本）、亞歷克斯考克斯（Alex Cox，《索命條碼》〔Repo Man〕的編導）。

知名校友：諾曼利爾（Norman Lear，代表作如：《一家子》〔All in the Family〕）、凱文布萊特（Kevin S. Bright，代表作如：《六人行》〔Friends〕）、麥斯麥特許尼克（Max Mutchnick，代表作如：《威爾與格蕾絲》〔Will & Grace〕）

加州大學洛杉磯分校（UCLA）── 編劇藝術碩士（MFA Screenwriting）/ 專業編劇學程（Professional Program in Screenwriting）
www.tft.ucla.edu

從我還是研究生以來，UCLA 的編劇碩士學程經歷了很大的改變，但還是培養出許多經驗豐富的獨立製片和商業片編劇，學生在這個為期兩年的碩士學程裡，每個學季都可以自由選擇撰寫長片劇本或電視試播集劇本，重點是盡可能提升作品的數量。編劇碩士的選修課也包含了業界主管開設的製片相關課程，這些課程對於吸收業界必備知識有很大的幫助，也能藉機認識一些碩士畢業的製片新秀。

UCLA 專業編劇學程的開設以編劇碩士為藍本，兩者皆隸屬於影視學系，可以算是編劇碩士的替代方案，學生在完成為期一年的學程後，能夠寫出兩部長片劇本。編劇學程學程也有提供線上教學組，搭配線上同步的工作坊，讓你在世界各地皆可修習！每班只有八人的小班制教學就像線上會議一樣。因為編劇碩士的申請競爭很激烈，許多學

生申請碩士前都會先修習編劇學程，我曾在此任教多年，所以我能直接告訴你，編劇學程是個不可多得的學習管道，有非常關心學生的老師在授課，也有親切、認真的行政人員能夠幫助學生，而且師資陣容和碩士學程是一模一樣的。編劇學程的學生結業後能獲得一張證書，但不是碩士學位，申請過程只需要準備學士學位證明和寫作樣本即可。

知名校友：法蘭西斯柯波拉（Francis Ford Coppola，代表作如：《教父》）、大衛柯普（David Koepp，代表作如：《侏羅紀公園》）、艾瑞克羅斯（Eric Roth，代表作如：《一個巨星的誕生》）

西北大學（Northwestern University）── 劇本寫作碩士（MFA Writing for the Screen and Stage）
www.northwestern.edu

如果你同時對編劇以及舞台劇本寫作有興趣，西北大學的劇本寫作碩士會是個合適的選擇，即使不擅長舞台劇本寫作，具備劇作家的基本功也能幫助影視劇本的創作。西北大學劇本碩士採用學季系統，一屆只招收十二名學生，學生會在課程裡練習撰寫舞台劇本、長片劇本以及電視試播集劇本，學程內堅強的師資陣容也會與學生密切互動，如：入圍普立茲戲劇獎決選名單的麗貝卡吉爾曼（Rebecca Gilman，代表作如：《變成奶油》〔Spinning Into Butter，暫譯〕），西北大學劇本碩士的優點多到說不完，隨著舞台

劇本和編劇的共同特質越來越受到重視，從這裡出來的畢業生不是劇作家就是編劇，有些人可能兩者都是。除此之外，西北大學所在地芝加哥絕對是劇場人的天堂，不僅擁有製作前衛戲劇表演的創新店面型劇場，還有歷史悠久、名聲響亮的經典戲院，如：古德曼劇院（Goodman Theatre）和荒原狼劇院（Steppenwolf Theatre）等，荒原狼劇院也是普立茲得獎作品《八月心風暴》（August: Osage County）的發跡地。一開始，我接受了西北大學一年期的教職機會，與此同時，我也正在創作舞台劇本《美希》（Miki）以悼念過世的母親，沒想到，《美希》成為我在創作上最滿意的作品，我也在西北大學多教了兩年書，因為那裡的的教職員和學生實在太優秀了。

知名校友：約翰羅根（John Logan，代表作如：《神鬼玩家》〔The Aviator〕）、葛瑞格貝蘭提（Greg Berlanti，代表作如：《綠箭俠》〔Arrow〕）、茱莉路易卓佛（Julia Louis-Dreyfus，代表作如：《副人之仁》〔Veep〕）

其他我有幸任教過的機構還有霍林斯大學（Hollins University）短期駐校編劇藝術碩士學程（MFA Screenwriting program），學生在夏季利用六星期密集上課，授課講師大多是 UCLA 的教師。我也曾任教於在加州大學河濱分校（University of California at Riverside）的表演藝術寫作藝術碩士學程（MFA Writing for the Performing Arts），此碩士學程是由曾於 UCLA 教導過我的教授羅賓魯

辛（Robin Russin）幫忙設立的。

　　下方列出的藝術碩士學程個個都赫赫有名，雖然我不曾在這些學校待過，但他們都有著良好的名聲和記錄。1970 年代，隨著年輕導演開始在業界大放異彩，與片廠合作拍出許多成功的電影，這些學校也陸續開始打響名號。

南加州大學（University of Southern California, USC）——
喬治盧卡斯（George Lucas，代表作如：《星際大戰》）、朗霍華（Ron Howard，代表作如：《美麗境界》〔A Beautiful Mind〕）

紐約大學（New York University, NYU）——
李安（Ang Lee，代表作如：《少年 Pi 的奇幻漂流》）、馬丁史柯西斯（Martin Scorcese, 代表作如：《神鬼無間》）

美國電影學院（American Film Institute, AFI）——
戴倫艾洛諾夫斯基（Darren Aronofsky，代表作如：《黑天鵝》）、陶德菲爾德（Todd Field，代表作如：《意外邊緣》〔In the Bedroom〕）

哥倫比亞大學（Columbia University）——
凱薩琳畢格羅（Kathryn Bigelow，代表作如：《危機倒數》〔The Hurt Locker〕）、賽門金柏格（Simon Kinberg，代表作如：《福爾摩斯》〔Sherlock Holmes〕）

如果你剛從大學畢業，我會建議你至少花一兩年去嘗試新事物，例如：旅行、去國外度假打工、幫忙家族事業等都可以，因為你接下來的人生都會奉獻給工作，所以盡可能趁這個時候體驗人生。多數我認識的編劇都從事過別的職業，如：醫師、空服員、作詞人、雜誌編輯、創業家、和平工作團志工、夜店保鑣和文學教授等，他們認真生活過，才有辦法構思出想要告訴大家的故事。

劇本競賽

贏得劇本競賽獎項能幫你拿下代理經紀約，但你不一定要贏得大獎，入圍決選或半決選名單就能讓你簽下經紀人及／或經理人，當你在業界沒有人脈時，這是一個能夠打進圈內的好方法。然而，沒有擠進決賽的劇本也不代表它不好，有些表現不錯的劇本也會在評審過程中被埋沒，這就是比賽的本質，但也要小心坊間一些騙人的劇本競賽，有些競賽只是為了撈錢而已，隨便贏得一個什麼比爾好萊塢編劇獎是沒有意義的，唯一有意義的可能是你被敲詐的 100 美元報名費。我在下方列出業界特別關注且信譽良好的三個比賽。

尼寇編劇獎助金（Nicholl Fellowship）——美國影藝學院（Academy of Motion Pictures Arts and Sciences）

www.oscars.org/nicholl

　　尼寇編劇獎助金是業界競爭最激烈的比賽，獎項意義重大，受影藝學院贊助舉辦超過三十年，沒錯，就是頒發奧斯卡獎的美國影藝學院！沒有比這個更厲害的比賽了，得獎後拍成電影的劇本如：史恩康納萊（Sean Connery）主演的《心靈訪客》（Finding Forrester）。比賽的半決選名單會先交由影藝學院會員進行評審，決定哪幾部劇本能夠晉級至決選名單，再從決選名單的十名入圍者中選出五名得獎者，頒發 35000 美元的獎助金，得獎者會在一週內陸續與製片、經理人、經紀人、影藝學院會員等人會面，並要在獎助期間完成一部新劇本，而且這部劇本歸得獎人所有！雖然最後我沒有贏過這個獎助金，但我入圍過決選名單，甚至因此遇到我現在的經理人。你寫的每一部劇本都應該參加這個比賽，沒錯，每年都有超過 6000 件作品參與比賽，但別讓這麼低的得獎機率嚇倒你，你可以將其視為與另一名編劇之間的比賽，就像簽樂透一樣，你必須先參加，才有機會得獎。

　　知名得獎者：蘇珊娜葛蘭特（Susannah Grant，代表作如：《永不妥協》〔Erin Brockovich〕）、艾倫克勞格（Ehren Kruger，代表作如：《變形金剛 4：絕跡重生》〔Transformers: Age of Extinction〕）

劇本競賽 —— 奧斯汀影展
www.austinfilmfestival.com

　　這個面面俱到的劇本競賽隸屬於奧斯汀影展，擁有超過二十五年的歷史，不管你是晉級初選、半決選或決選名單，你都有機會參與奧斯汀影展編劇研討會中的某幾場座談，這是有錢也買不到的機會呢！說起來，奧斯汀影展還真是獨樹一格，是一個特別側重編劇的影展，其獨特的長片劇本競賽依電影類型分組競賽，還有電視試播集劇本競賽，分成半小時組和一小時組的待售劇本競賽，以及為其他媒介設立的劇本競賽，如：網路劇和 podcast 等。影展裡有特定幾個競賽是由好萊塢主流片廠舉辦，如：AMC 電視台、索尼動畫（Sony Pictures Animation）和 Josephson Entertainment 等，許多競賽的評審和研討會的主講人都是受人敬重的編劇、製片、片廠主管、經理人和經紀人。

　　知名得獎者：潘蜜拉李本（Pamela Ribon，代表作如：《無敵破壞王 2：網路大暴走》〔Ralph Breaks the Internet〕、《海洋奇緣》〔Moana〕）、克里斯多福坎特威爾（Christopher Cantwell，代表作如：《電腦狂人》〔Halt and Catch Fire〕）、艾咪安歐比（Amy Aniobi，代表作如：《矽谷群瞎傳》〔Silicon Valley〕）

Tracking B 劇本競賽
www.trackingb.com

Tracking B 是個比較新興的劇本競賽，他們會竭盡所能幫助得獎者和決選名單入圍者簽下代理合約，此劇本競賽由 Tracking B 網站舉辦。Tracking B 是一個涵蓋待售劇本市場的綜合資料庫，雖然不像尼寇獎助金或奧斯汀影展一樣有名，但這個競賽會邀請各大經紀公司和經理人公司的成員擔任評審，藉此讓參賽的編劇能夠直接被這些公司看見，他們還會幫助新手編劇簽下代理約，而不是直接銷售劇本，其成功紀錄令人讚嘆，許多經理人公司也都會關注這個競賽。

知名得獎者：米奇費雪（Mickey Fisher，代表作如：《異種》〔Extant〕）、約翰斯韋特納姆（John Swetnam，代表作如：《舞力全開 5》〔Step Up: All In〕）

人際交流

我不喜歡「拓展人脈」，但我喜歡「人際交流」，兩者差別在哪裡？拓展人脈的感覺像是隨意網羅，盡可能認識越多人越好，而不是用心交朋友；人際交流則是與品味相同的人培養真正的情誼，考慮到這一點，人際交流最好的對象就是同儕，他們不需要是資深的製片或經紀人，他們可以是助理、基層主管、基層經紀人或經理人。電影產業

很重學徒制，你的朋友、親戚或同事可能認識片廠、製作公司、經紀公司或經理人公司的員工，或者他們本身就在業界工作！想要升遷的助理會非常渴望找到新手編劇，網羅厲害的編劇和劇本讓老闆臉上有光，他們也能藉此升遷！這些是你要認識並一起成長的朋友，特別是在這個產業，每個人都可以快速升遷！擔任助理兩年後，他們可以在未來兩年內成為創意部門主管，接著升上部門經理，不知不覺間，他們可能在 30 歲前就爬到副總裁的位置了，經驗豐富的製片麥可狄路卡（Michael De Luca，代表作如：《社群網戰》〔Social Network〕）大學時期曾是新線影業（New Line Cinema）的實習生，他的第一份工作是資料輸入員，但他一路奮發向上，27 歲時就成為新線影業的總裁！狄路卡一路成功打造票房鉅片，如《阿呆與阿瓜》（Dumb and Dumber）、《王牌大賤諜》（Austin Powers）。你的同儕可以靠著尋獲具有潛力的編劇、交出厲害的劇本而升遷，而你很可能就是其中一人呢！

16

通力合作：合作夥伴

「我就像嘗試促成各方合作的領航者，帶領大家找到最好的方式來完成作品。」

—— 吉姆賈木許（Jim Jarmusch），編劇兼導演，《愛情，不用尋找》（Broken Flowers）

製片

　　身為編劇，你很有可能先與製片合作開發劇本，製片會支持你且認購你的劇本的那群人！他們也有可能聘僱你來撰寫委託創作劇本。製片是第一個看見劇本潛力的人，他們從一開始就馬不停蹄地投入電影製作直到最後一分鐘，他們全心投入創意發想，也必須籌措拍攝電影的資金，真的是一份很艱難的工作！這也是為什麼奧斯卡最佳影片都

由製片上台領獎，他們知道自己在做什麼。一旦你決定賣掉劇本，就必須抱持信任的態度，如同人們結婚不該馬上就想到出軌吧！雖然加州離婚率是 50％，但也不表示你的婚姻就會以離婚收場，如果你從一開始就懷有太多疑慮，那麼整個計畫就完蛋了！沒有人從一開始參與電影計畫，就想著要拍攝一部爛電影，或許最後結果不甚理想，但這絕對不是計畫的初衷。

製片了解故事是怎麼一回事，過去也曾製作過許多觀眾買單的電影，他們不會白白給你建議，人生太短，他們還得等到片廠綠燈放行後才拿得到報酬！製片手上拿著開發中的劇本是沒有用的，像你一樣，他們想要也需要製作出一部好電影，他們真心希望手邊的素材能夠昇華成故事優美、激動人心的劇本，並吸引優質的導演和電影明星一同參與，製片顧的是大局，他們將所有元素擺在一起，從頭開始讓一切成真，你當然也是其中之一。當你獨自撰寫劇本時，劇本理所當然屬於你，但劇本到了製片手中、進入開發階段後，他們已經接受了你的故事，變成和你一起形塑故事的伙伴。

導演

製片會幫電影計畫找到適合的導演，兩人聯合編劇一起開發故事素材，在這個階段，編劇可以留下來繼續參與計畫，接受有償的編劇修改工作，好讓劇本達到導演的要

求，雖然你可能是故事素材的原創者或改編者，但你現在的必須為了電影的願景服務，並由導演主導大家達成這個願景，在這種共同監護孩子的情況下，兩位立意良善的家長對小孩的教養方式或許有所不同，但只要透過溝通和彼此尊重，就可以讓計畫順暢進行，對的製片、導演和編劇通力合作，就能促成一部電影的成功，而身在這種合作關係裡最棒的思維模式就是：我能幫忙什麼？

編劇

有些編劇以團隊發跡，也有些編劇是在電影計畫中合作，兩顆腦袋總比一顆腦袋來得厲害，對吧？至少兩顆品味相同的腦袋總比一顆來得強，雖然你和編劇伙伴可能是高中好友，但兩人一旦決定搭檔編劇，還是必須白紙黑字寫下合作細項及規範，兩人要一起討論出「最壞的情況」，例如，萬一其中一人中途退出，該怎麼辦？或者其中一人因為其他工作不得已必須暫停，劇本該怎麼辦？時間表怎麼安排？你們可以簡單在紙上寫下幾個條列項目，只是要確保你和伙伴有取得共識，有了這個共識，你們的合作過程也會感覺比較舒暢。

不要假設，永遠不要假設別人怎麼想。

有些編劇團隊真的會聚集在同一個房間裡寫作，一個

口述、一個打字，但我完全無法這麼做！每個編劇團隊作法不同，但如果你不知道從哪裡開始，可以試試這個方法：你和伙伴先一起發想主角和對手，再利用條列劇情大綱將故事分成三幕，此後就可以分開寫作了。一旦訂下劇情大綱後，就可以開始分工各自需要撰寫的頁數，艾琳娜寫前十頁，愛麗莎寫另外十頁，以此類推，如果是兩人團隊的話，一人大概寫五十頁左右。初稿完成後，每位編劇都該拿到完整的劇本，方便整理故事脈絡，現在科技發達，你們可以利用視訊會議討論任何創意上的意見分歧，對於每對成功的搭檔來說，溝通是很重要的，盡早溝通才是關鍵。

維護權益：版權登記

「美國西部編劇工會身為全球劇本版權登記的領頭羊，以具有法律效益的證明保護編劇作品，自 1927 年至今一直都是業界標準。」

—— 美國西部編劇工會（Writers Guild of America West）

　　一旦你在美國完成劇本，這部劇本的版權就會受到保護——理論上應該如此，但為了能夠安心地提供作品供他人瀏覽，你可以申請具法律效力的劇本版權登記，下方列出兩種版權登記途徑，讓身在科技時代的編劇能夠輕鬆登記劇本版權：

美國西部作家協會劇本版權登記
www.wgawregistry.org

編劇可以上傳劇本的電子檔至美國西部作家協會劇本版權登記頁面，協會會幫你放上一個時間戳記，作為劇本創作時間以及存在的證明，你可以申請各式書寫文體的版權登記，非協會會員需付 20 美元，協會會員則是 10 美元，保護期間為五年。

美國著作權局
www.copyright.gov/registration

　　另一個選項是登記在美國著作權局之下，保護期間為著作人生存期間加死亡後七十年。

　　不論依循哪種途徑申請版權保護，你都不需要針對同一部劇本的不同版本重複申請，只要申請初稿版權即可，某些好萊塢公司主辦的編劇獎助金以及提出的劇本豁免書，都會要求編劇必須先將劇本登記於美國西部作家協會，才能在沒有經紀公司的情況下提交劇本。

藝術家的權利：
美國編劇工會（Writers Guild of America, WGA）

「片廠聘請我們投入劇本創作，是在非常明確的條件下雇用
我們，因為我們有參加工會。」
── 約翰奧古斯特（John August），編劇，《阿拉丁》
（Aladdin）

　　美國編劇工會（www.wga.org）是為專職編劇設立的工
會，雖然名稱裡的 Guild（意指行會）聽起來比工會更有藝
術氣息，但實質上就是個工會組織，和汽車工人、教師、
旅館餐飲業員工組成的工會是一樣的。編劇工會替電影、
電視和新媒體等所有想像得到的編劇類型訂定薪資結構，
並與片廠或製作公司協商並要求他們給付基本工資。工會
也會替編劇收取、分配重播報酬，若想成為編劇工會的會
員，就必須在工會簽約的公司裡，累積一定程度的專業工

作經驗，這些簽約公司都必須遵守保護編劇的相關規定，其中一項保障權益是，雇主為接案編劇提供內含健保和退休金的報酬。

簽約公司

所有好萊塢主流片廠都有和編劇工會簽約，這表示他們承諾遵守工會訂下的條款，如：基本工資、重播報酬、退休金和保險等，與工會簽約的公司只能聘用工會會員，反之，工會會員也不能幫非簽約公司工作，這是工會的意義所在，任何有意與工會合作的公司可以直接聯絡工會，透過簽約流程成為簽約公司。

掛名仲裁

一般來說，片廠會雇用許多編劇來修改劇本，電影拍攝完成後，他們會向工會提交一份對電影有貢獻的編劇名單，如果參與其中的編劇對名單有異議，就會進入仲裁程序。仲裁委員會的成員會先閱讀所有不具名的稿件，再根據每位編劇在定稿分鏡頭劇本上的貢獻，決定每位編劇有多少功勞，並且能夠放在演職員表裡。你在電影的演職員表裡，可能會看到「故事構想」的頭銜，掛有這個頭銜的編劇不是只有想出故事而已，他們也可能是將自己的原著劇本賣給片廠，但最終的劇本定稿已經與原先的劇本大不

相同，所以最初的編劇只能算是提供故事構想而已。以原著劇本來説，編劇必須貢獻劇本 50％以上的內容，才能掛上「編劇」的頭銜；若是改編劇本，則必須貢獻劇本內容 33％以上。許多負責改寫劇本的編劇因其貢獻沒有達到要求，所以無法在演職員表上掛名，當你在編劇頭銜下看到許多名字，並不表示他們是一起坐下來完成劇本，只代表他們都有滿足劇本貢獻程度的要求。

不要留下任何稿件

編劇向片廠兜售提案或應徵委託劇本創作職缺時，整體情況可能有點複雜，因為這可能牽涉到改編片廠已經認購開發權的書籍、電玩、雜誌文章、重拍電影或真實故事。編劇提案時會準備五至八頁的提案文件，方便他們在會議中間口頭報告，片廠高層出於好意，可能會請編劇將檔案寄給他們，讓他們消化提案內容後再往上呈報。然而，編劇工會強制規定，編劇不得寄出完整的提案書，因為其中包含了無償寫作的內容，這是編劇費盡心力拆解故事和角色的成果。根據委託劇本創作案的不同，片廠也會邀請幾位可能合作的編劇，請他們口頭陳述自己的故事切入角度。隨著電影產業越來越國際化，編劇時常被外國電影公司要求，以電子郵件傳送故事切入方向或提案書，你很可能會為了得到一份工作而這麼做，但以長遠來看，這並不是對你最有利的做法，更不用説還違反了工會的規定。

同儕作家的陪伴

　　編劇也可以加入提倡編劇權益的平等與包容委員會，相關座談會和活動不僅能讓會員持續學習，還能出培養很棒的創意社群，幫助編劇提升工作水準並改善就業前景。

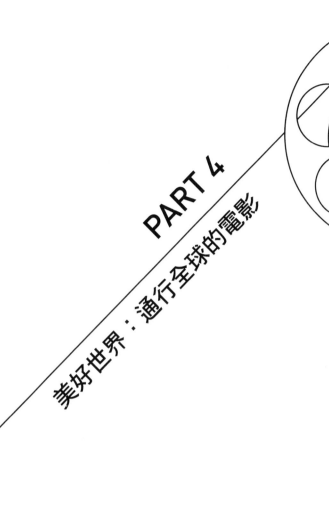

PART 4

美好世界：通行全球的電影

「宇宙是由故事組成，而不是由原子組成。」

—— 穆里爾魯凱澤（Muriel Rukeyser），詩人，
《黑暗的速度》（The Speed of Darkness）

全球性系列電影：連結性與一致性

> 「全球觀眾不斷告訴我們……他們願意敞開心胸，接受新的故事構想、故事願景、故事發生地以及說故事的方式。」
> —— 凱文費吉（Kevin Feige），漫威影業總裁兼製片，《復仇者聯盟》

當我走訪各國，看見美國連鎖餐飲品牌超越其他各國品牌、稱霸全球市場，總會覺得十分耐人尋味，從麥當勞、肯德基、Subway 到星巴克，這些連鎖餐飲品牌遍布全球超過 100 個國家！為什麼美國以外的餐飲品牌卻達不到這樣的規模呢？顧客在這些連鎖品牌裡用餐時，不管身在哪個國家，他們都期望能獲得一樣的品質和擺盤。

為什麼呢？因為他們已經習慣了。

全球觀眾已經習慣了美國電影應有的「味道」，這個味道指的是故事呈現在觀眾眼前的方式，他們會期待特定的敘事結構，他們不問第一幕、第二幕、第三幕在哪裡，但他們的潛意識裡會期待四大區塊這類結構性的重點，如果少了這些部分，失望的觀眾就會質疑電影的敘事。如果你走進麥當勞卻發現菜單上沒有大麥克，你會有什麼感受？或者你等了三十分鐘才拿到餐點？大麥克是麥當勞的主打商品，三十分鐘取餐根本不是速食餐廳應有的速度，所以你一定會很失望，同樣的道理也適用於電影，觀眾看電影時會期待某種情緒鋪陳以及故事發展，如同走進連鎖餐飲品牌時，顧客會期待特定的菜單、食物擺盤以及出餐速度，或許系列電影的編劇、導演略有不同，但每部續集都必須維持相似的風格、調性、角色互動關係，甚至必須延續第一集的敘事節奏，這些元素能夠維持品牌的一致性，滿足觀眾的期望，讓他們投注在電影角色和世界上的情感得以延續。

《星際大戰》系列、漫威系列、DC 宇宙都是很好的範例，而《小鬼當家 2》是另一個沒有發展成電影宇宙的好例子，這部電影滿足了觀眾對敘事結構的期待，也讓他們回想起第一集的種種。除了被忘在家裡的故事佈局外，續集的鴿子阿姨與第一集那位可怕的剷雪鄰居也能相互呼應。系列電影建構出來的宇宙和內部的一致性，類似電視影集本傳與衍生劇之間的關係。

文化萃取：多元包容觀點

「成功的定義是我們終於無視膚色…讓演員不再是因為量身打造的劇本而被選中，而是因為他們很適合扮演某個角色。演員具有某種力量及能見度，足以讓他們在任何電影計畫內發號施令。」

—— 吉勒摩戴托羅（Guillermo del Toro），編劇兼導演，《水底情深》（The Shape of Water）

《寄生上流》、《逃出絕命鎮》、《尚氣與十環傳奇》、《黑豹》（Black Panther）、《瘋狂亞洲富豪》、《貧民百萬富翁》（Slumdog Millionaire）、《斷背山》

這些出色的電影都具有少數族裔的角色和故事情節，也贏得各界好評更席捲全球票房，這些電影挑戰了賣座鉅片的公式，獲得出乎意外的大成功，若想抱怨電影裡的少

數族裔再現，我們可以花上一整天，但最終還是票房說了算，電影畢竟還是商業活動，票房數字最終還是反映了全球觀眾對多元包容故事的渴望，這些電影的獲利表現保證了其優先地位。每當提出一個內含少數族裔角色的電影企劃時，上述電影的成功足以證明這類故事是有潛力的，同時也讓我們拍的電影越來越能夠反映現實生活，而這股趨勢使得編劇能夠獲得製片從開發到拍攝一路上的支持，也能啟發編劇繼續創作相關作品。

多元包容有其優點

當我們渴望講述少數族裔角色相關的故事，多少會面臨許多風險因素，要能成功拍出這些電影是非常具有挑戰性的，如果機會趨近於零，那我們何必花時間撰寫和開發劇本呢？業界普遍的共識是，演員陣容族裔多元的電影在電影節裡很吃香，也很容易獲得好評，當然，少數族裔的演員也會出演商業大片，但他們通常都只是在旁陪襯的配角，畢竟，傳統上還是認為電影明星的加盟，才是造就好萊塢賣座鉅片的關鍵，這是個十分難解的議題。少數族裔的電影明星屈指可數，如果沒有機會擔綱主演、朝著明星之路邁進，他們就永遠沒機會成為大明星，而提倡多元包容的電影能夠幫少數族裔演員鋪路，所以對這類故事懷有熱情的編劇，應該要寫下他們心中醞釀已久的故事。

一名 UCLA 的教授曾提出過這樣的比喻，好萊塢「停

車場」已經客滿非常久了，至少這是根據停車場標示而得到的資訊，其目的是讓你不要再開進這個擁擠的停車場裡，但其實停車場從來沒有滿過，總有車子會離開，車位已滿的標示曾勸退不少提倡多元包容的故事和編劇。

直到現在。

下方列出的電影都不顧「車位已滿」的標示，直接開進停車場裡！而這些電影都找到了停車位，他們承擔風險，打破少數族裔作為中心角色所受的規範，也因此得到了豐厚的回報：

《尚氣與十環傳奇》（2021）
是漫威首部由亞裔超級英雄擔綱主演的電影，電影裡使用了中英兩種語言，儘管上映時正值疫情期間，但仍舊在中國以外的市場賺進 4 億 3000 萬美元的票房。

《寄生上流》（2019）
是一部韓語發音的原創電影，全球票房賺進 2 億 6300 萬美元，更奪下奧斯卡最佳影片、最佳導演、最佳原創劇本以及最佳國際影片等四項大獎，成為奧斯卡史上第一部締造如此成績的國際影片。參與演出的演員皆為亞裔，而且沒有任何好萊塢明星。

《瘋狂亞洲富豪》（2018）

　　根據暢銷小說改編，全球締造 2.38 億美元票房，榮登 2010 年代最賣座的愛情喜劇電影，參與演出的演員皆為亞裔，而且沒有任何好萊塢明星。

《黑豹》（2018）

　　於全球創下 13 億美元票房，榮登史上最賣座的超級英雄個人電影，參與演出的演員皆為黑人，而且沒有任何好萊塢明星。

《逃出絕命鎮》（2017）

　　是一部發人深省的原創恐怖片，全球締造 2.53 億美元的票房佳績，並拿下奧斯卡最佳原著劇本獎，主角為黑人，而且沒有任何好萊塢明星。

《貧民百萬富翁》

　　改編自一本印度小說，於印度當地拍攝，對白大多以印地語呈現，締造了 3.78 億美元的票房佳績，甚至還入圍了九項奧斯卡，最後抱走了最佳影片以及最佳改編劇本獎，參與演出的演員皆為印度裔，而且沒有任何好萊塢明星。

《斷背山》

　　講述兩名牛仔的愛情故事，全球締造 1.78 億美元票房，榮獲奧斯卡最佳改編劇本肯定。當時，希斯萊傑（Heath

Ledger）和傑克葛倫霍（Jake Gyllenhaal）還不是當紅明星，主角還是男同性戀。

2017 至 2021 年間，提倡多元包容的電影逐漸發展起來，不是只有一部電影恰好賣座而已，而是一部接著一部締造出亮眼的票房記錄，從《逃出絕命鎮》、《黑豹》到《瘋狂亞洲富豪》！事實證明，多元包容故事一樣可以很精彩，並且能夠與廣大的商業片觀眾產生共鳴。

不要說教

雖然《逃出絕命鎮》和《瘋狂亞洲富豪》為兩種截然不同的類型電影，但兩者都不是在宣揚文化。這兩部電影的故事前提非常普遍，主角要去拜訪另一半的雙親，並且期望在這段期間達到他們的期望，兩部電影的主角都遇到了控制狂媽媽，而主角必須在電影結束前搞定她們，很顯然地，兩部電影的故事各有其瘋狂走向，但故事核心大眾都能感同身受並覺得有趣，一旦觀眾走進了這兩部電影的世界，便會很自然地感受到其文化的獨特性，兩部電影也剛好都締造了約 2.5 億美元的全球票房。

普世情感

失去、背叛和愛，不論性向、種族、性別、文化、殘

疾和年紀，人類的情感光譜都是相同的，這才是重點，而不是一味執著於不同之處，讓這個概念很自然地融入你創造的世界，一旦觀眾支持你創造的世界，他們就會體驗到某些獨特的觀點。

電影類型

多元包容不能變成一種主打的電影類型，但如果刻意強調，那可能特別為電影打造的市場定位，故意使大眾難以親近和理解，下方幾部電影證明了多元包容電影也可以叫好又叫座。

《逃出絕命鎮》是一部恐怖片，而不只是一部關於非裔美國人的電影；

《瘋狂亞洲富豪》是一部愛情喜劇，而不只是一部關於亞裔美國人的電影；

《黑豹》是一部超級英雄電影，而不只是一部關於非裔美國人的電影；

《斷背山》是一部愛情片，而不只是一部關於男同性戀的電影。

21

少數族群覺醒：
《瘋狂亞洲富豪》—— 帶起新浪潮

「我們不需要魔法來改變世界，我們自身已經擁有足夠力量，
可以想像出一個更美好的世界。」
—— J‧K‧羅琳，作家，《哈利波特》系列

我們再說說「瘋狂」。

《瘋狂亞洲富豪》於 2018 年發行，在影史上為愛情
喜劇和亞洲文化再現寫下新的一頁，挾著 2.38 億美元的票
房，這部電影憑一己之力將愛情喜劇類型片帶回好萊塢，
這絕對是影史上的一隻黑馬，僅憑著全亞裔演員的陣容，
沒有看大牌影星加盟，甚至還是美國觀眾不再熱衷的愛情
喜劇，唯一比較亮眼的元素是，本片改編自關凱文（Kevin
Kwan）的暢銷小說。雖然導演朱浩偉（Jon Chu）曾執導

過商業大片《出神入化 2》（Now You Can See Me 2），但他卻還沒拍過全亞裔演員的電影，他的文化根源在呼喚他，讓他決定拍攝這部電影，還好他同意了。最近一部全亞裔演員的商業大片是《喜福會》（The Joy Luck Club），與《瘋狂亞洲富豪》相隔了 25 年啊！同樣改編自暢銷小說，《喜福會》的票房高達 3200 萬美元。《瘋狂亞洲富豪》打開了好萊塢對愛情喜劇以及亞裔主演的渴望，也讓主流電視台以及片廠願意開發亞裔主角相關的故事。

打破規則

愛情喜劇已死，全亞裔演員，沒有聘用白人演員「漂白」主角，這顯示了信念和熱情如何發揮作用。製作公司 Color Force（《飢餓遊戲》）以及 Ivanhoe Pictures 無視這些「地雷」，相信直覺而開發了這個電影計畫，華納影業同意承擔風險，綠燈放行了這部電影，每位參與其中的工作人員也都挑戰了保守規範並全心投入，他們真誠地傳達了這部片的願景，最後靠著故事取勝。

好電影

《瘋狂亞洲富豪》不只是亞裔美國人必看的電影，觀眾因為這是一部好電影而前往觀賞，當角色努力實現個人抱負及搏取認同時，觀眾能與互相尊重和文化差異等主題

產生共鳴，整部電影從頭到尾都能讓觀眾滿足。《瘋狂亞洲富豪》沒有過度依賴亞裔電影的標籤，或藉此希望亞裔美國人都能進戲院支持，而是靠著導演和全體演員在電影上映首週末不斷推銷，亞裔觀眾也真的在這關鍵的週末進戲院觀賞，並在下週末再次湧入。觀眾並不會覺得他們理應看完整部電影，相反地，電影滿足了他們想看到故事的慾望，單靠亞裔觀眾無法讓此電影大賣，而是必須透過口碑好評吸引全美的觀眾，才有辦法成為賣座鉅片。

明星

理論上，《瘋狂亞洲富豪》並不像漫威和 DC 宇宙具有建立 IP 的能力，大眾普遍認為全亞裔演員的非武打片無法開出票房佳績，因為人們推測越南裔、韓裔、中國裔、台灣裔、苗族、柬埔寨裔和香港裔等各個亞裔族群的身份和經歷都截然不同，這些不同的亞裔族群可能不像非裔觀眾一樣，能夠同心協力支持自己族群的電影。《瘋狂亞洲富豪》的演員陣容裡，除了楊紫瓊曾因武打片走紅全球外，其他演員皆不曾主演過片廠的商業大片，而楊紫瓊在這部電影裡也沒有武打戲。故事比電影明星重要多了，此部電影的整體演員陣容比單一影星耀眼多了，亞裔主演電影要能穩定產出，才能創造出更多自帶票房的少數族裔影星。雖然《瘋狂亞洲富豪》提升了亞裔演員的演出機會，但業界需要更多少數族裔的賣座電影，才能延續這些演員在國

內外票房上的影響力。

發展更多元的故事

我們不能期望《瘋狂亞洲富豪》完整描繪出所有亞裔族群的生活經驗，而現在正是乘勝追擊的時刻，我們應該持續在美國乃至全球的脈絡下，製作亞裔演員為主的各種類型電影，或者至少讓電影裡有一個亞裔主角，這也就表示我們需要更多元的電影類型，讓亞裔角色能出現在所有觀眾都能產生共鳴的故事裡。《逃出絕命鎮》在這方面就是很好的例子，這部電影探索了一種不常出現亞裔角色的類型，當然也可以繼續製作愛情喜劇，因為事實證明這是可行的！但也請製作更多科幻驚悚片、愛情片、動作冒險片、犯罪片、歷史真實故事電影——但其中不包含武打場面，希望這些多元包容的類型電影，能夠佔滿片廠的待拍名單，或許，透過簡單的談話和一杯熱茶，可以讓知識和勇氣喚醒我們的靈魂，讓這份希望可以永久兌現。

每部成功發行的電影都是奇蹟，也反映出我們的世界有多麼不可思議。

故事，不用翻譯：為華人觀眾創作故事

「[故事]永遠要以角色為重，並思考如何透過角色傳達觀眾能感同身受的事物，故事必須說出大家都能同理的情感關係。」

—— 詹姆斯卡麥隆（James Cameron），編劇兼導演，《鐵達尼號》

斥資 37 億美元的上海迪士尼樂園請我擔任編劇兼創意顧問時，我感覺自己開心到要飛上天，彷彿自己衣錦還鄉了。迪士尼為了融入中國而調整品牌風格，特別重視東西方創意和文化的交會點，並以此為華人客戶量身打造景點故事，總不能直接將加州安那翰的迪士尼樂園移植到上海，建造一個更大的樂園為更多遊客提供服務吧！這個經驗再度印證了我的想法，華人客戶能夠理解全球敘事架構上的華人故事，畢竟，他們也已經習慣這樣的敘事結構了。

來自已故母親的呼喚

我在台北出生，從八歲開始就定居美國，在洛杉磯從事寫作及編劇教學工作，我不曾認真想過大中華與我的職業之間的關係，然而，當我住在台北的母親被診斷出癌症末期，一切開始有所改變，她的遺願是希望我能將所學分享給華人編劇，並為華人電影圈拍攝幾部電影。母親過世後，我的人生陷入一片黑暗，我無法排解失去和絕望的痛苦，突然之間，緣分來了：國立臺北藝術大學邀請我以傅爾布萊特交換學者的身份，為他們新開設的編劇碩士（MFA）授課，這個契機也讓我展開了一段填補靈魂空缺的返鄉之旅。

時間回到 2009 年，北藝大編劇碩士班在當時算是訓練華人編劇的先驅，多數學生在入學前都累積了一些製作經驗，聘請我到校教書還真是物超所值，因為我可是能以流利中文教學的美國編劇呢！這讓我們彼此省下很多翻譯的時間，能夠直接用中文在課堂上以及工作坊中討論學生的劇本。這群學生必須在三週內密集學習原本為期四個月的課程，課程上我們使用共同的母語密切互動。

在此期間，我第一次見識到快速發展的現代中國影業。一年後，馮小剛的《唐山大地震》，一部描寫 1976 年唐山大地震的電影，收穫了 1 億美元票房，我看見中國電影產業正在蓬勃發展，感受到一股興奮和驕傲，這表示會有更多講述華人故事和文化的大片出現嗎？ 我雖然是受 UCLA

電影碩士的訓練，專業經歷也僅限於美國電影產業，但我知道必須先了解現代中國以及當代觀眾，才有辦法參與其中。我不能只是在華語電影節和電影市場裡過個水，我必須搬到大中華去看看。

我後來真的搬到大中華了。

北京和台北兩地奔波的生活持續了兩年，在此期間，我會定期與中國當地不斷增加的中產階級交流往來，他們是華語電影的核心觀眾群，我到處與電影公司新上任的主管交流，如：萬達影業、光線傳媒、華誼兄弟、寰亞傳媒集團和環亞電影等，隨後，我也共同創立了位於台北的和諧影業，致力開發華語電影，這些經歷與自身文化背景培養出的洞察力，足以讓我創造現代華人觀眾產生能夠同理的真實故事。

電影審查制度

想了解中國電影產業，就必須先知道中國政府將其歸類為文化企業，這是什麼意思呢？電影不止在國內更是在國際上反映了中華文化，從這個角度來看，依靠電影審查機制保護中華文化的招牌是合情合理的，每部在中國製作的電影都必須受國家電影局核可，而國家電影局現為中共

中央宣傳部轄下的組織。第一步是劇本審批，一部中國電影或跨國合拍電影取得拍攝許可前，劇本必須先由中國人民開設的合法電影公司，提交電影局相關部門審批，拍攝完成的電影還必須提交終審，取得電影公映許可證後才能公開播映。

電影還在劇本階段時，建議最好避開下列元素，以利取得拍攝許可，下面只列出大方向的原則，因為規定總是不斷在改變。

警察、軍隊、政治

電影不能在現代中國本地的時空框架下，描繪貪污腐敗的警察、軍隊人員及政治人物，這表示你不能拍攝中國版的《震撼教育》（Training Day）、《軍官與魔鬼》（A Few Good Men）、《大陰謀》（All the President's Men）等電影。除了基本的電影審查以外，電影裡若含有對警察的描繪，就必須獲得公安局核准；若含有對軍事人員的描繪，則必須獲得中國人民解放軍核准。話雖如此，貪污的人事物卻可以出現在香港、台灣和澳門。

性與暴力

中國電影並沒有分級制度，因此，所有電影都必須適合闔家觀賞，過度裸露以及對於同性戀的描繪，或者太過

真實、殘忍的暴力行為，都可能成為無法通過電影審查的原因。

超自然恐怖

妖魔鬼怪和靈魂附身等題材也不被允許，除非是出現在角色的夢境或妄想中，古代奇幻小說或預言也能被通融。

犯罪

只要中國警察還是正義的一方，那麼拍攝犯罪類題材是可行的，但是罪犯必須在電影結束前被抓到，不能讓他們逃出法網。如果罪犯像《驚悚》（Primal Fear）裡的兇手亞倫（艾德華諾頓）一樣成功逃脫罪名，電影可能會很難通過審查，也很容易變得特別敏感，因為其凸顯了法律體制的缺陷。

海外軍事行動

雖然國家主義電影如《戰狼 2》與《紅海行動》雙雙締造了成功的票房，但這兩部片都是關於中國軍隊在外國進行的軍事行動。在這兩部電影發行之時，中國並不鼓勵拍攝這類國家主義的軍事電影，因為害怕破壞了國與國之間的和諧。

時空穿越

　　中國並不鼓勵拍攝時空穿越相關題材，甚至明令禁止角色回到過去甚至改變歷史的情節，然而，如果像《全面啟動》（Inception）這類具有科學依據的時空穿越，並非全然的科幻或奇幻片，通過審查的機會就會增加。

中國廣電總局頒令「20 類題材審查及規避」條文（供參考）：

1. 奇幻劇情科學角度展示。
2. 禁宣揚靈物附體、妖魔鬼怪、輪迴迷信。
3. 不得調侃宗教，尊重小數民族文化。
4. 拍改編劇要忠於原著。
5. 穿越故事要合符科學解釋及正能量。
6. 禁拍盜墓故事。
7. 禁美化民國、北洋軍閥。
8. 青春劇要避開早戀、犯罪及暴力。
9. 愛情劇禁太甜蜜。
10. 涉案劇不能暴露偵查手段，禁拍壞警察。
11. 懸疑恐怖題材禁渲染恐怖暴力。
12. 現實題材禁拍社會黑暗面，要拍正常人美好生活。
13. 同性戀題材點到即止，要轉為友情。
14. 不能宣揚武器、戰爭，別將西方作假想敵。

15. 遊戲改編劇不能過於表現玩遊戲者，尤其是未成年的人。

16. 三重題材（重大革命、重大人物及重大事件）嚴格審查。

17. 歷史劇以正史為依歸，人物主綫不能杜撰。

18. 架空題材虛構要徹底，找不到絲毫歷史根據。

19. 真實事件改編時不得貶損他人的身份、地位及身體特徵。

20. 重拍經典劇要表現正能量。

中國觀眾到底想看怎樣的電影？

能夠激起討論並與現今社會相關的電影，電影產業在中國仍剛起步不久，市場變化性極高，再加上中國網民非常有主見，在電影討論區裡十分活躍，中國 14 億名觀眾的意見能夠成就一部電影，也足以摧毀一部電影。一部電影能夠引起越多討論，就來帶來越多票房，中國電影市場最令人興奮的是，規模較小、角色導向的劇情片，甚至是愛情喜劇，都能夠收穫超過 3 億美元的票房，《我不是藥神》就是一個很好的例子，故事講述一名藍領階級男子想盡辦法，為了讓需要的人都能便宜購入藥效相同的白血病仿藥，這部改編自真實故事的電影探討了時事議題，賺進了超過 4.4 億美元的票房。雖然中國觀眾熱愛動作大片以及特效場面，但他們也對真實的人文故事感興趣。

誤闖大中華的白人

西方編劇經常誤以為華裔觀眾喜歡觀賞西方人到大中華的故事，這就是典型的錯置電影，對吧？其實不完全是，華裔觀眾可能不在乎這類故事，尤其是當故事情節又側重於外國人如何拯救華人，雖然華裔觀眾能與西方角色產生情感連結，但劇情還是要兼顧真正的華人觀點。

美國劇本直接移植到大中華

這件事看似容易，只要在某部動作片或愛情片的劇本裡塞入幾個中文名字就可以了，將發生在芝加哥的故事改成發生在北京！畢竟美國電影劇本早已具備好萊塢敘事結構，將劇本移植到大中華就可以直接面對大眾了，且慢，好萊塢式的故事前提和高概念也許能夠運用在故事佈局上，然而，就每場戲而言，劇本還是需要經過更多本地化的過程，才能讓華裔觀眾信服，融入時事議題以及當代切身相關的故事情節更能在當地引起共鳴。

中國賣座鉅片

下方所列都是叫好又叫座的現代華語電影，中國既已是世界最大的電影市場，因此，如果真心想在其中製作電影，就不能錯過這些中國本土電影，藉此了解現代中國觀

眾在意的元素。

以下的票房數字來自「貓眼票房分析」：piaofang.
maoyan.com。貨幣單位已從人民幣轉換為美元。

好評之作

《我不是藥神》（2018）

　　一名印度神油店老闆意外開始獨家代理印度製的便宜
白血病仿藥。

　　累積票房：4 億 4800 萬元（美元）

《邪不壓正》（2018）

　　1930 年代中國，一名青年俠士為了十五年前的滅門血
案返鄉報仇。

　　累積票房：8400 萬元（美元）

《北京遇上西雅圖》（2013）

　　與富翁發展出婚外情的北京孕婦飛到西雅圖待產，在
那裡，她邂逅了一名中國移民司機。

　　累積票房：7500 萬元（美元）

《親愛的》（2014）

　　改編自真實故事，深圳市一對離婚夫妻踏上了漫長的
尋子之路。

累積票房：5000 萬元（美元）

票房冠軍

《你好，李煥英》（2021）

一名女子穿越時空回到過去，試圖成為母親的朋友並改善她的生活。

累積票房：8 億 2200 萬元（美元）

《長津湖》（2021）

韓戰期間，中國人民志願軍在長津湖背水一戰，誓死與美軍同歸於盡。

累積票房：8 億 9900 萬元（美元）

《唐人街探案 3》（2021）

唐仁和秦風兩位神探受託前往東京調查一起重大刑案。

累積票房：6 億 8600 萬元（美元）

《哪吒之魔童降世》（2019）

天生神力的哪吒選擇對抗惡魔，解救平時懼怕他的百姓。

累積票房：6 億 8600 萬元（美元）

《流浪地球》（2019）

太陽即將吞噬地球之際，太空人必須執行一項攸關人類存亡的任務，利用一萬座離子發動機驅使地球遠離太陽系。

累積票房：6 億 8000 萬元（美元）

《唐人街探案 2》（2018）

唐仁和遠房表舅秦風搭檔，合力解開一樁發生在紐約唐人街的謀殺案。

累積票房：4 億 9100 萬元（美元）

《戰狼 2》（2017）

前中國武裝特勤小組成員本來打算在海上漂泊一生，但殘忍的傭兵組織開始對平民大開殺戒，逼著他只好將難得的平靜生活拋在腦後，重返軍人崗位並擔起保護人民的責任。

累積票房：8 億 7000 萬元（美元）

《美人魚》（2016）

因為地產計畫導致棲息地受到威脅的人魚族，派出美人魚珊珊去暗殺主導此事的地產大亨，沒想到珊珊卻與地產大亨墜入愛河。

累積票房：5 億 2800 萬元（美元）

《捉妖記》（2015）

人類父親和妖后生下小妖王後，人間和妖界同時展開了緝拿行動。

累積票房：3 億 8400 萬元（美元）

《港囧》（2015）

一名男子希望能趁著假期與初戀重逢，但他的希望卻因捲入兇殺案而破滅。

累積票房：2 億 5400 萬元（美元）

《人再囧途之泰囧》（2012）

三名男子展開一場狂野的公路旅行，並在一座不夜城裡找到內心的平靜。

累積票房：1 億 8300 萬元（美元）

劇本翻譯

如果是以英文撰寫的劇本，在交給可能的華人合作夥伴前，先花錢請人翻譯成中文是非常值得的投資，能夠流利使用中文的人，不代表他們能將劇本精準地翻譯成中文，反之亦然。電影公司可能願意收到英文劇本，但決策者很可能還是比較習慣閱讀中文，即使他們能夠閱讀英文，英文畢竟還是他們的第二語言。有些大公司可能有足夠的資

源或曾與美國片廠合作的經驗，能夠幫助他們精準翻譯劇本，但大多數的公司都沒有相關的資源和經驗，如此一來，劇本翻譯很有可能落到實習生或留學歸國的社會新鮮人手中，更糟的是，這些公司可能直接使用百度或谷歌翻譯這類的網路程式翻譯劇本。劇本翻譯是一門藝術，即便請專業的商務、法務翻譯幫忙，結果可能也不盡理想，隨著越來越多華裔學生前往美國主流電影學校攻讀電影和編劇碩士，他們都會是翻譯劇本的合適人選，或者也可以聘請美國主流片廠合作的專職字幕譯者幫忙，如此一來，更有機會能獲得如實反映劇本的高品質翻譯，美國人和華人都很重視詞彙的使用，劇本可說是創意的橋樑，因此，精準且具有文化底蘊的翻譯能更有助於創意價值的評估。

23

華人觀影口味：
為全球觀眾改編近 5000 年的華人文化

「我們所擁有的豐富文化資源足以開發成許多部熱門電影。」
—— 成龍，演員，《英倫對決》（The Foreigner）

　　還記得高中時期，我非常想去主流電影院觀賞一部當時還不太起眼的電影 —— 由李安導演、共同編劇的《囍宴》，這可是一部在美國大型連鎖電影院放映的華語電影呢！在當時，惟有如此我才能夠看到來自家鄉、說著母語的電影角色，也因為在大銀幕上看到長得像我、與我來自相同文化的角色，促使我勇敢投入電影這門藝術。

走進世界的華語電影

　　想當初，我坐在電影院裡，身邊坐著的的大多不是亞

裔觀眾！《囍宴》的演員陣容裡並沒有明星，導演當時也還尚未成名，這部以同性戀為主題的電影，製作成本不到100萬美元，甚至還選擇在高消費的紐約市實地拍攝，然而，電影在美國發行後，全球票房坐收2400萬美元呢！這個票房數字是製作預算的二十四倍，使其變成1993年全世界投資報酬率最高的電影。李安拍攝的另一部華語電影《臥虎藏龍》，單單美國票房就高達1.28億美元，時至今日仍是美國影史票房最高的外語片，而第二高的《美麗人生》票房成績為5700萬美元，這兩部電影都是奧斯卡最佳外語片得主，也都使用了全球敘事結構：開頭、中段和結束。

我以身為美國人自豪，也以身為華人自豪，兩種文化的電影我都會觀賞。華人觀眾與全球觀眾已經習慣觀賞好萊塢電影了，那為什麼美國乃至於全球觀眾，不會渴求具有華人文化色彩的電影呢？他們會的，但必須是以他們熟悉的方式呈現的華語電影。中華文化綿延將近5000年，足以提供全球觀眾許多精彩的角色和電影故事，從數字上來看，華語擁有將近12億的母語者，是世界上最多人使用的語言，這表示每六個人就有一個人會說華語。

中國電影快速崛起的故事，要從2010年發行的《唐山大地震》說起，這部電影成為首部中國票房達到1億美元的電影；2016年，周星馳推出的《美人魚》票房超過5億美元，成為當年度中國票房冠軍；2017年，《戰狼2》以驚人的8.7億美元打破了《美人魚》的票房紀錄！即便挾著天文數字般的票房，這些電影在大中華以外的市場幾乎沒

人聽過。時至今日，還沒有一部華語電影能夠像美國電影一樣稱霸全球票房，當然，全球消費者都在吃美國的食物、聽美國的音樂、使用美國的科技產品，使得美國文化在全球市場上佔有一定的優勢，畢竟，美國文化在全球的佈局已經行之有年，就連日本或其他歐洲國家在文化輸出上也是望塵莫及。美國文化對全球的影響，可以歸功於全球觀賞美國電影的悠久歷史，然而，隨著電影產業的崛起，大中華很有機會將電影推向世界，並藉此產生文化影響力，但即使是中國本地在創意上也缺乏一致性。中國可能一年內會出現幾部國內賣座的電影，但好萊塢卻是每年都會出現許多賣座電影，在華語電影願意為了一致性而採用全球敘事架構之前，本土電影將會持續在缺乏全球曝光度的情況下，偶爾才出現一兩部賣座電影。

好事多磨

　　好萊塢的劇本從開發到拍攝階段，平均需要三至五年的時間，而且這還是有進入拍攝階段的劇本，《阿甘正傳》光在開發階段就花費超過十二年，即便是中美合拍的《巨齒鯊》（The Meg）也花了超過二十年開發！但我們先不要看開發時間這麼長的例子。華語電影從撰寫劇本、製作到發行只需要一年左右，與好萊塢相比，少了非常多時間，雖然好萊塢看似製作步調快速，每週都有新片發行，但是片廠其實一直都有穩定開發的計畫，這些計畫在未來的幾

年內會陸續拍攝。當劇本開發與適合的演員、導演都到位了，就能進入拍攝階段，製作團隊不會真的花這麼多時間拍攝電影，時間都是花在最初幾個階段，積極開發劇本的潛能，並擬定增加國內外觸及率的策略。中國賣座電影《我不是藥神》花了兩年撰寫、開發劇本，這也造就了本片在創意上和票房上的成功，以華人的標準來看，兩年的開發速度算慢的，但以好萊塢的標準可說是飛快！

　　開發時間長並非高預算電影的專利，即便是預算較低的電影，開發期也不會相差太多，重特效的電影也是如此。想從票房上快速獲得報酬是可以理解的，尤其華語電影背後通常有不少出資者，他們可能會要求在更短的時間內回收資金。然而，若想拍出坐收全球票房的高品質電影，關鍵就是將時間和資金全心投入專業開發階段。

全球敘事架構

　　「華語電影」的敘事架構有其優點，本土票房已經證明了這點，屢屢在國際影展獲得讚賞的華語作者導演電影更是無庸置疑，但你若仔細觀察，每位華人電影工作者的敘事結構都不一樣，當我們在看一些由頗具盛名的導演拍攝的電影，如；姜文（《邪不壓正》）、張藝謀（《英雄》）、馮小剛（《唐山大地震》）、侯孝賢（《刺客聶隱娘》）、魏德聖 （《賽德克巴萊》）及王家衛 （《一代宗師》），便會發現他們電影的「敘事架構」都大不相同，每位導演都

使用他們獨特的敘事架構，這些華人電影大師都有其標誌性的敘事和影像風格。敘事架構是故事如何開展的依歸，每位華人導演不論是與伙伴共同編劇或是直接聘僱編劇，都會維持自己樹立的敘事架構。

反觀好萊塢導演，他們的經典電影都具有相似的敘事結構，也幾乎與所有美國主流電影一致，而這些導演的招牌在於如何執行故事，而不是重塑敘事架構，他們拍攝的所有電影都會使用全球敘事架構，史蒂芬史匹柏的《法櫃奇兵》系列和奧斯卡得獎作品《辛德勒的名單》具有一樣的敘事架構，克里斯多福諾蘭的《全面啟動》與《星際效應》（Interstellar）的敘事架構，與史蒂芬史匹柏所有電影的敘事架構一模一樣，但我們卻還是能分辨每位導演截然不同的風格。

誰是老闆？

在華語電影產業裡，主創團隊由導演領導，但在好萊塢卻是由製片領導。大中華多數的電影計畫都是由製片和電影公司配合資深導演，一般來說，導演會雇用編劇，讓他們根據自己的願景和敘事架構撰寫劇本，對電影觀眾來說，有名的導演一樣具有明星魅力，即使馮小剛和張藝謀的電影裡沒有明星，觀眾還是會湧入電影院觀賞。導演通常也是總製片，電影明星也時常與導演綁在一起，導演才是為大中華電影公司購入計畫的人。

這個情況與好萊塢正好相反，好萊塢片廠擁有一個電影計畫庫，片廠購入劇本，片廠雇用製片來製作電影，電影雇用導演，導演為片廠服務，如果片廠和導演在創意上意見分歧，片廠就會換掉導演，這是為什麼好萊塢擁有源源不絕的片源。反觀華語電影產業，知名導演幾乎掌控了整個電影計畫，最重要的是，他們可能掌控了劇本的權利，如果導演和電影公司在創意上意見分歧，導演也可能直接將整個計畫帶走，電影公司的片源也因此就被阻斷了。雖然某些大中華電影公司會認購網路小說、漫畫、電玩等的智慧財產權，但他們通常還是缺少導演幫忙開發成電影計畫，也或許缺少演員群來演出電影，投資者通常支持的是導演的電影計畫，除了電影發行相關事務外，有些名導演幾乎不需要電影公司幫忙，根據拍攝計畫的不同，某些導演的製片公司也有能力商業發行自己的電影。

中國夢

為什麼不同文化背景的觀眾願意持續觀賞美國電影，而不是觀賞他們自己文化的電影呢？首先，你可能會認為是因為「預算」高、「國內市場」廣大以及大牌「明星」，

這些都只是表面的原因。

中國電影產業的財力足以與好萊塢匹敵，能夠製作出

高預算的電影，而且中國本土電影市場已經超越美國，華裔影星的片酬甚至已經高於好萊塢的大牌明星，財力也足以雇用好萊塢線上線下的人才，但是，票房超過 8 億美元的中國本土電影，卻無法觸及大中華以外的區域，雖然《戰狼 2》的製作團隊與觀眾都對票房成績非常滿意，但這部電影還是缺乏打入全球電影市場的野心。當然，這十分具有挑戰性，沒錯，華語電影產業還十分年輕且不太穩固，放眼本土市場還是比較容易，因為已有紀錄證實，然而，如果沒有放眼世界的野心，好萊塢在內容創作上也達不到今日的成功，而近日崛起的美國選手網飛，也已經在 200 多個國家提供串流服務了！

那大中華如何能達到這樣的規模呢？

訓練有素的中美編劇及具有全球思維的開發主管為首的創意開發團隊，再加上專業且長期的投資才有機會達到這樣的規模，除此之外，華語電影需要的還有耐心，並且與真正在創意上和文化上都具有世界觀的藝術家共同努力，採用年輕有才的編劇、導演、演員、製片和開發主管提出的原創點子，開發非 1980 年代港片復古風格的故事，避免「漂白」或「白人救世主」的西方視角，也不要濫用亞洲和中華文化。

開發

　　故事最重要，這已經是老生常談了，對嗎？在電影市場、座談會和電影學校都聽到爛掉了嗎？每個人都可以說好電影的前提是「好故事」，不開玩笑！但到底怎樣才稱得上好故事呢？最重要的是，你如何創造一個好故事？故事的優先順序必須擺在影星前面，在大導演前面，在特效和3D前面，雖然好萊塢已經太熟悉這個道理了，但這是華語電影產業可以努力實踐的部分。中國電影產業已經意識到好故事的必要性，如果專業發展體系又能到位，華語電影就有機會走向國際，與好萊塢相比，目前此區域的電影的資金裡，出資者和電影公司分配最少時間和資源投資在**劇本**上，急於回收資金的心態導致電影的品質不穩。如果大中華想為全球觀眾拍出令人難忘且具代表性的電影，這將會是個漫長的過程。

　　大中華電影工作者常常混搭電影類型，故事線也十分發散，並放入任何想得到的點子和對白，這種作法華裔觀眾或許會買單，但卻無法連結大中華以外的觀眾。前面我曾提過，中國動作電影《戰狼2》在國內坐收8億美元的驚人票房，對中國觀眾來說，這是一部娛樂性高的電影，製作價值高、動作場面好看，甚至還聘請了《復仇者聯盟3：無限之戰》的導演羅素兄弟擔任顧問，但這部片在大中華區以外發行時，只有針對華僑在美國小規模限定放映，票房小收270萬美元。雖然這部電影本來就沒打算全球發行，

但如果能採用全球敘事架構並加強角色發展，或許會更有機會走向國際，從美國觀眾的角度來看，電影故事開發中最大的缺失是，主角缺乏故事曲線，這也許是華語電影的通病，主角從頭到尾都很完美，也不需付出任何代價，這種模式也許在大中華行得通，因為這就是中華文化習慣的故事樣版，但對全球觀眾而言，他們已經習慣故事曲線清楚的電影英雄，讓我們能在情感上支持他完成整段電影旅程。

即使電影票房累積幾十億的奧斯卡得獎編劇，也必須花好幾年的時間開發劇本，美國片廠可能願意投資幾百萬美元購買和開發一部劇本，雇用幾名編劇修改劇本，將劇本的潛能發揮到淋漓盡致，但若合適元素無法匯聚，或者預算不可行，甚至是劇本也不太對，片廠還是無法綠燈放行，片廠真正綠燈放行的電影數量是購入劇本數量的十分之一呢！

格式

電影產業裡充斥著格式不一的劇本，完全沒有標準可言，每部長片電影的劇本頁數相差甚遠，從四十頁、八十頁到一百六十頁都有，因此，一頁等於一分鐘的規則在此完全不適用。然而，隨著編劇軟體 Final Draft 12 開始支援中文字，希望大中華電影產業會慢慢採用這套軟體，雖然這不是什麼大不了的事，但我覺得劇本格式就像電腦編碼，

在世界上任何國家都能暢行無阻，你必須在全球通用平台上開發安卓或 IOS 系統的應用程式，才有辦法讓每個人都能在這個共同的平台上交流。

這就是劇本格式的真諦，創造出一個共同的平台。

雖然電影實際拍攝過程多少已經標準化了，但關鍵問題還是必須回到劇本的基礎上，一旦跨國合拍電影採用共同的平台，便會大大減少劇本開發階段的誤解和困難，也能確保電影創意合作上的順暢。大中華並沒有劇本格式相關的規範，雖然有些大致的格式，但絕對和擁有近百年歷史的美國標準相差甚遠。

改編中華文化

每當非美國電影嘗試吸引全球觀眾目光時，都會努力凸顯其內含的本土文化，而不是將文化編織在普世文明的脈絡中。雖然強調本土能夠刺激國內票房，但同時也會失去該文化以外的觀眾，因此，若想挖掘華語觀眾和世界觀眾都能想像的故事，就一定要專攻同質性高的角色和故事，再融入特定的中華文化，李安的《臥虎藏龍》就是一部建構在全球敘事架構上的華語電影。

時至今日，《臥虎藏龍》還是美國最賣座的外語電影，全球票房累積 2.13 億 1 美元，甚至還榮獲奧斯卡獎十項提名，當然，這是一部具有動作和武打元素的電影，但絕對沒有塞滿一堆無意義的打鬥場面，而是著重於如何戲劇性

的說好故事，特別是江湖大俠的旅程，絕非到處充斥著與故事脫節的壯觀打鬥戲。前人雖然已經拍過許多武俠電影，但沒有一部像《臥虎藏龍》一樣能讓全球觀眾感同身受，雖然某些影評認為這部電影的中國票房表現不佳，但值得注意的是，這部電影在 2000 年發行，中國當時只有幾千個電影放映廳，而且限制比現在嚴格許多，如果這部電影挪到現代發行，就能享有中國超過 50000 個放映廳，再搭配上 IMAX 3D 的頂級規格，勢必能靠著眼光一流的現代中國觀眾成為賣座鉅片。

有個好例子是，雖然《辛德勒的名單》並不是一部以中華文化為本的電影，但這部奧斯卡得獎作品卻是講述特定文化歷史題材的普世電影，沒錯，這部電影是由好萊塢所拍攝的，但角色都是特定族群的猶太人和德國人，並沒有包含任何美國文化或角色。然而，因為電影採用全球敘事架構，填入世人皆具的同情心，再加上觀眾能感同身受的希望感，在 1993 年收穫了 3.22 億美元的全球票房，也風光入圍了十二項奧斯卡獎。

這並不表示想要改編中華文化，就只能改編歷史故事，現代故事也能與觀眾產生共鳴，雖然近代尚未出現能夠作為典範的電影，但李安二十五年前拍攝的小人物劇情片《囍宴》和《飲食男女》做到了，這兩部電影雙雙入圍奧斯卡最佳外語片，也開出了亮麗的票房成績單。

了解某些說故事方式吸引全球觀眾的原因後，我希望能藉此啟發華語電影創作者和出資者，追求高標準的故事

和全球敘事結構，而不是只求與本土觀眾產生共鳴而已。
中國已掌握一切可能的資源，現在只需在全球敘事架構上
撰寫中華文化的故事即可……

跨界料理：大中華合拍電影

「志合者，不以山海為遠。」—— **中國諺語**

　　隨著華語電影市場爆炸增長，想要站上頂峰還是不容易，大中華每年拍攝的電影有幾百部，但只有少數幾部能成功在電影院公開播映，能夠大賣的電影更是少之又少，以強檔電影規模製作的中美合拍電影，如：《長城》（The Great Wall），原本設定要同時席捲中美兩國票房，沒想到表現卻不如預期，但我相信中美的合作關係比以往更緊密了，特別是隨著新一代的電影工作者逐漸茁壯，美國電影學校裡的華裔學生日漸增加，在校園裡就開始與美國學生合作的他們，奠定了雙方合作的基礎和堅定的友誼，為他們未來在全球電影產業裡的合作鋪路。

進口配額

　　中國對外國電影設有進口配額限制，每年開放約三十四部「進口分帳」電影，香港、臺灣和澳門的電影不在此限，因為這些地區並不算外國，但大多數的進口配額都給了好萊塢的賣座大片，希望藉由這些大片的力量推動票房。然而，接近年底時可能會出現例外情況，允許額外的外國電影進口，讓配額總數超過三十四部，但如果是中國電影公司以固定費用買進的電影，便不受配額限制。雖然國外片廠通常會支付所有公關行銷所需的費用，但法律強制國有公司進口和發行電影時必須額外收費，而且外國片廠必須與中國發行商合作，才能宣傳和行銷電影。

合拍電影

　　現在你已經投入並開發了中美都適用的合拍計畫，甚至遵循前幾個章節的拍攝原則而通過了審查，接下來就可以開拍了嗎？還不行喔！還需獲得中外合拍許可才行，我們快要完成了！中外的合拍片模式與歐洲國家的模式類似，一定比例的資金必須來中國，甚至連導演、編劇和攝影師等主創團隊成員也必須是中國國民，是華裔還不夠，這些人必須持有中華人民共和國的護照才行。

　　那麼合拍片有什麼好處呢？

理由很簡單，這樣的分帳比例會變高啊！電影計畫受官方認可為正式合拍片後，票房分帳比就可以從進口分帳片的 25% 上升至近 50%。《復仇者聯盟》這類的電影進口至中國後，美國片廠只能回收 25% 的票房分帳，而且還必須扣除一些相關費用，再加上中國對進口分帳片限制重重，如：部分檔期可能會保留給國產電影、34 個分帳電影進口配額，以及只有 30 天的播映期間等，但合拍片的待遇幾乎和國產片一樣，沒有了分帳片的限制，更有機會開出亮眼的票房成績。合拍片也能有較長的行銷期，不需經過不確定性極高的進口核准過程。

合拍片的挑戰

從商業角度來看兩國電影產業，積極尋求合拍的可能性完全合情合理，因為這是個雙贏的局面，但挑戰在於必須找到並成功開發兩國觀眾都能理解的故事，如果這很容易的話，大家早就都在進行合拍片的計畫了，中國和好萊塢分別希望透過合拍片達到的目的如下：

好萊塢：利用帶有中華文化的美國電影，與中國及全球觀眾產生共鳴

中國：拍出能夠與海外觀眾連結的華語電影

近年來，為了達成這個夢幻目標，中國與好萊塢在不斷嘗試中展現出令人讚嘆的野心和遠見，但還是有些部分仍需磨合，合拍電影在資金上對兩國非常有利，聯合全球最大的兩個電影市場無疑是最有利可圖的作法。過去幾年內，中國媒體巨擘在美國和歐洲，都有投資連鎖影城、製作公司、片廠待拍名單上的電影，甚至還合資創立動畫工作室，好萊塢片廠也在中國當地設立製作部門，或多或少參與中國電影的製作，中國電影聘用美國人才和奧斯卡得主擔綱主演，為了吸引觀眾，美國的系列電影也邀請中國影星客串，但這樣的合作模式已被證實無效，有些中國網民甚至還覺得有點被羞辱，以長期來看，合拍片在資金上的優勢也無法解決這道難題。

　　請記住，觀眾很聰明

　　不能隨便欺騙他們，因為他們留在網路上的意見，全國 14 億人口都看得見。

快達成目標了

　　李安早期作品已在東西方文化間巧妙取得平衡，他的華語電影及敘事結構，值得重新審視並修改成當代適用的全球模式。有些人認為沒有必要製作合拍片，專注開發國內及現有的國際市場比較保險，但如果我們只願意待在舒

適圈內，就會錯過這個可以拉攏世界各國的好機會，雖然有些固有的挑戰，但兩國都越來越懂得如何應對了。

為全球觀眾拍電影

　　身為一名編劇，覺察多方觀點的存在至關重要，就連網飛也在各國製作原創內容，其精選節目甚至有機會播送到提供服務的 200 多個國家。美國片廠正與大中華伙伴密切合作，希望製作的電影不僅能吸引中國觀眾，更有機會走向國際，這會是一趟漫長的旅程，但現代中國電影產業已起步，適應的速度很快，只要我們對文化和創意的理解越多，就越容易拍出中美兩國乃至於全球觀眾都有同感的電影。截至目前為止，中美之間還沒出現一部真正、組織縝密的大型合拍片，能夠同時在中國和美國叫好又叫座，此種中美合拍模式的第一部電影於 2016 年上映，為麥特戴蒙主演的《長城》，2018 年，中美的第二次嘗試為《巨齒鯊》，一部傑森史塔森與大鯊魚搏鬥的電影，電影預算為 1.3 億美元，美國回收了 1.43 億美元票房，中國則是 1.53 億美元坐收。雖然總製片、導演以及編劇等主創團隊皆為美國人，但中美兩國往緊密的創意合作關係又更近一步了，如果大中華現今與未來的故事創作者能夠理解全球電影的精髓，他們就能創造出一種共同語言以利與美國合作，拍出本地和全球票房都成功的電影，藉此拓展出與美國創意人固定的合作，以各自的優勢互補。

但是要達到這個目標——

兩國電影產業都必須放下無謂的自尊和驕傲。

創意團隊之間要取得共識並不容易，更遑論兩種不同文化背景組成的創意團隊，中美兩國最優秀的創意人才若能合作，創作出能夠激發全球觀眾情感的電影，這將會是一項輝煌的紀錄。隨著新一代的華裔電影工作者和片廠主管越來越習慣，從美國的訓練和電影裡學習全球敘事架構，中美合拍片是非常有前途的，

我們快達成目標了。

吃飽了沒？中華文化及社交禮節

「我們在中國結交了許多朋友，也完全愛上了華語電影，日後我們多次前往北京，與當地的電影從業人員培養關係。」
—— 喬羅素（Joe Russo），導演，《復仇者聯盟：終局之戰》

　　中美兩國互相投資電影產業、聘僱電影人才的過程中，必須了解彼此基本的社會和文化禮節，相較於使用「你好」打招呼，華人更常詢問對方「吃飽了沒」，從打招呼這件事就能看出，中華文化和西方文化有多不一樣。吃飯在維繫友情和親情上扮演很重要的角色，西方國家的公事大多在辦公室談，但在中華文化裡，公事要在飯桌上談，這是個拉攏潛在合作夥伴的好方式，親自面談的次數越多，越能建立彼此間的信任。雖然影展和電影市場是聯繫潛在合作

夥伴的好管道，但日後持續見面接觸才能維持高成效的合作關係，你不能膚淺地將大中華視為賺快錢的地方。美國電影受到中國和全球觀眾所喜愛，你若能對華語電影展現程度相當的熱愛和欣賞，想必能藉此獲得更多合作的可能性。

溝通交流

中國伙伴回覆微信的速度，比美國人傳簡訊還快，他們無時無刻都在微信上。當你設定用戶簡介時，不要只寫英文，一定要包含你的中文名以及公司的中文名，名片上也是如此，讓你的資料都有雙語對照。初次會面時，大家會掃微信條碼互相加好友，交換聯絡方式在大中華沒什麼大不了的，不像西方人比較謹慎選擇交換聯絡方式的對象，在中國，加微信好友和交換名片、握手一樣稀鬆平常，這個方法在多方面被證實比嚴守個資更有效，如同其他產業，進一步互動才是關鍵，此時微信就是你的好幫手。

禮節

微信對年輕一代來說，某部分已經取代了名片，但對大部分的公司來說，特別是傳統或國有公司，他們主要還是靠名片交換聯絡方式。別人遞給你名片時，一定要雙手接下，並仔細閱讀名片上的名字和職稱，絕對不能看都沒

看就塞進皮夾裡。如果是在會議室或餐廳舉行的正式會議，一定要將每個人的名片都陳列於桌上，而不是擅自收起來讓大家都看不見。

認識華語電影和明星

某些美國人可能期望觀眾都能看出致敬好萊塢電影的橋段，但美國人也需要了解華語電影的經典橋段，尤其當你想為兩國電影市場的觀眾打造故事內容。網飛串流平台或其他網路平台上現在都能觀賞華語電影，如果你住在洛杉磯、芝加哥、波士頓、紐約這類的大城市，華語新片推出時為了吸引當地的華裔居民，也會同時在 AMC 連鎖電影放映，當你和觀眾一起坐在大銀幕前觀賞電影，從他們的反應中，你能夠獲得許多寶貴的資訊。電影創作者開發計畫時，會在提案中放入自己覺得適合的演員，因此，你也必須熟悉華裔導演和明星，請找出過去幾年間賣座的華語電影，並看看擔綱主演的是哪些演員，你可以從第二十二章提到的幾部電影下手，熟悉彼此產業現況的兩國才能相互尊重。

怎樣才算「好」？

「好」可以表示「不好」，「好」也可以表示「好」，「好」甚至還可以表示「也許」，華人不像美國人那麼直接，華人

常常說「好」，因為他們不想放過任何可能的機會，他們想要表示禮貌，那個「好」可能在你走出門後馬上變成「不好」，如果初次會面討論電影計畫時，只得到的「好的！」以及「沒問題！」這樣的回覆，沒有進一步關於細節的問題，那麼這個計畫實現的可能就不大。口頭協議或口頭合約在中國並不太算數，你可能簽署了一份合作備忘錄，雖然這個書面紀錄看似可靠，但卻還是不具有法律約束力。反之，如果有機會合作的伙伴問了很多問題，那麼這個合作計畫成真的機率就會提高。

反觀美國，口頭協議和口頭合約都還算可靠，會議中所說的「好」表示交易很有可能繼續走下去，而「不好」就真的表示「不好」，如果有人對計畫提出質疑，那麼這個計畫恐怕也很難實現。

法律相關事務

劇本屬於智慧財產的一種，透過神奇微信傳送劇本是不安全的，客戶有時甚至還會透過微信傳送合約，這就等同於使用臉書 Messenger 傳送合約一樣嘛！雖然美國編劇和製片基本上都有政府法律立案的經紀公司幫忙保密劇本，但中國的相關機構可能只會簽署保密同意書，想要完整保護劇本的智慧財產權，最好的作法是在版權局登記備案，這是法律上唯一能保護劇本財產權的方法。

信心

　　已故偉大編劇威廉戈德曼（William Goldman）曾説過：「沒人能夠知道——中國——的一切。」「中國」二字是我擅自加上去的，但事實也是如此啊！即使是好萊塢的資深電影工作者，也不要自以為萬事通，尤其是牽涉到崛起中的中國電影產業和觀眾群，他們總會讓你出乎意料，在好萊塢累積的經驗無法直接套用到中國電影產業。好萊塢靠著系列電影和強檔電影，在國內坐收超過 2 億美元的票房，但光靠小人物劇情片在中國就能開出一樣的成績，中國電影工作者和電影公司的信心來源，可能是他們知道如何拿下國內龐大的電影市場，美國電影工作者和片廠的信心來源，可能是他們的全球觸及率，兩國的電影工作者都渴望相互合作，為彼此增添價值，雙方越是尊重彼此，好好花時間充分了解對方的文化和創意，就能帶來越多好處。

臥虎藏龍

　　雖然因為李安改編中國經典小説的電影傑作，「臥虎藏龍」四個字才會在國際間蔚為風潮，但成語「臥虎藏龍」其實出自詩人庾信的作品，意指「未被發現或深藏不露的人才」，這是在提醒我們不要低估任何人，但就我看來，也是提醒我們不要低估自己，從少數族群的商業大片《黑豹》、《瘋狂亞洲富豪》，到中國強大的電影市場以及 Netflix 和

Disney+ 的全球影響力，這個重大的時刻完全體現了「臥虎藏龍」的精髓。

　　一切都可能與中國一樣等著改變，美國電影產業隨著串流巨擘的崛起不斷演進，重新定義了電影的範疇，勇於順應改變、保持開放的心態，世界各國才能在內容創作上有更緊密的合作。

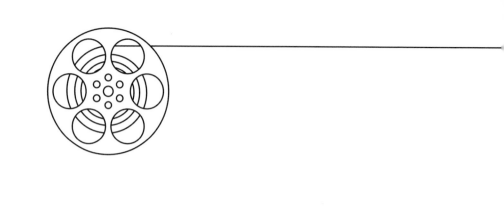

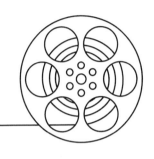

PART 5

瘋狂的秘密

「不斷提醒自己終將死亡，我認為是個避免自己計算得失的好方法。」

—— 史帝夫・賈伯斯（Steve Jobs），蘋果公司共同創辦人

感受生活：水到渠成

「我們擅長為生活準備，卻不擅長活在當下。」
── 一行禪師（Thich Nhat Hanh），作家，《彌留之際》（As
I Lay Dying）

　　我不敢相信本書要告一段落了，此刻感覺好像酒吧打
烊前的最後一輪酒，唉⋯⋯

　　要打烊了。

　　撰寫本書的過程真的很開心，謝謝你們閱讀我有點發
散的想法，我很幸運能碰上說故事這門藝術，同情心是我
從中獲得最有價值的寶藏，本書最後，我想分享一個可以

點亮生活的秘密。

瘋狂的秘密

十九歲時，我在 UCLA 參加了一個為期十週的編劇工作坊，也因此完成了人生第一部長片劇本。當時的我完全不了解編劇是怎麼一回事，甚至不知道可以靠編劇賺錢，畢竟，那是個沒有網路的時代，我只知道我喜歡寫作，但工作坊第一天的課程讓我開始對編劇著迷。課堂上，教授將來自世界各地的 100 尊小雕像一字排開，這些在桌上排排站的小雕像，好像組成了一個說故事的社群，每一尊小雕像都是獨一無二的，臉上刻著的表情都令人印象深刻，這個景象使我終身難忘。這名教授後來成為我一輩子的心靈導師，也是他鼓勵我繼續留在 UCLA 攻讀編劇碩士，工作坊的最後一天，教授送給我們一份祝福，大致的意思如下……

「不管你贏得多厲害的獎項都是狗屁，誰在乎你是否賺了一大筆錢？生命裡最重要的事情應該是：

成為一個良善的人，

之後，很多事情就會因此水到渠成，家庭、愛情、職業都是如此。」

聽到這裡，我笑了出聲，聽起來超做作的！我當時還

太年輕，還未經歷過真實世界的痛苦和愛，等我歷經許多心碎和失去的時刻後，教授的這番話便深深烙印在我的腦中，生活中的一切以一種難以言喻的方式水到渠成了，

真的。

做人良善並不是要你去淨灘一天或捐錢給街友 —— 當然這兩件事本身也是好事，

但良善是不求回報地幫助別人，

良善是不說別人壞話，

良善是每天帶著良善之心與人相處，

良善是你為其賦予的定義，是一種生活方式，只要你努力並心存善念，好事就會降臨⋯⋯只是可能「不是按照你的期待」。當我在人生中第一次找到自己的定位，我的心靈導師以此段話給予我慰藉。

我希望本書能夠成為有用的羅盤或指南，如果你願意的話，不論編劇這個職業帶你走到哪個人生階段，你都可以隨時與我更新你的創作人生，畢竟，我們是一個說故事的社群，你可以透過 E-mail 聯絡我：weiko@ucla.edu。

希望你能帶著勇氣和同情心繼續往前，敬祝一切順利。在此，我們不道別，我們說「再見」。

重要詞彙

本書原著是以英文版寫就，我特別向西方的讀者介紹「八」是中華文化裡最有福氣的數字，因為八的發音讀起來很像發，農曆新年時，人們會用八八來祝福彼此發大財。

本著期望全球電影業興旺發達的精神，以下列出 8 個好萊塢術語以及 8 個中國影業術語，每個故事創作者都必須了解這些術語。

好萊塢術語

電梯簡報（Elevator Pitch）：在搭乘一趟電梯的時間內，大約是 30 秒至一分鐘，利用一兩個句子闡述想要拍攝的電影故事，通常是要說服可能的投資者、製片、電影明星、導演等人考慮看看你的劇本。

四象限電影（Four Quadrant）：能夠同時吸引男女性、25 歲以下（第一、二象限）及 25 歲以上（第三、四象限）觀眾的電影。

高概念（High Concept）：簡單一句話就能描述商業長片的故事前提。

OWA：委託劇本創作（Open Writing Assignment, OWA）的縮寫，製片或片廠將手上現成的智慧財產或原創故事概念，委託給一名編劇改編成劇本。

提案（Pitch）：口頭提出一個可能的電影計畫，讓製片或片廠願意委託你繼續將其開發成劇本。

讓英雄救貓咪（Save the Cat）：電影裡的關鍵時刻，當主角做出一些善良、具有同情心的舉動，觀眾也會開始在意他們。

Spec：待售劇本（speculative screenplay）的簡稱，意指還沒受到委託前就先行完成的劇本，希望有機會被製片或出資者相中。

強檔電影（Tentpole）：一部預算超高的電影，通常都會發展出玩具和電玩等衍生性商品，再搭配全球性的大規模宣傳。

中國影業術語

帥：用來形容精彩的場面或動作戲。

很牛：用來形容很酷或很厲害的角色。

敏感：用來形容劇本裡敏感的議題、故事情節或角色處境等。

審批：審查批准，劇本開拍前需先申請許可，電影完成後也需申請公映許可證。

接地氣：評斷角色或故事與一般中國觀眾是否相近的用語。

老百姓：源自中國古代觀念，天下由「百姓」所組成，現在泛指一般中國觀眾。

萬字綱：篇幅長度 10,000 個中文字的故事大綱。

故事簡綱：劇本的故事簡介。

　　另外，有關華語劇本撰寫格式請參考下節的附錄，由
和諧影業採用好萊塢標準劇本格式發展而成。

附錄
劇本寫作範例

在華語電影市場裡，各國皆有自己習慣的劇本格式，然而，為了與市場遍佈全球的串流平台合作，如：Disney +、Apple +、網飛、亞馬遜以及 HBO Max 等，華語電影市場的劇本格式還是必須統一，這些串流平台都已經開始投資、製作在地化的原創內容，並且有能力將這些原創內容播送到世界各地。不僅如此，各國電影市場裡的劇本格式也必須統一，每個導演和製片或許都有自己偏好的劇本格式，一旦電影進入拍攝階段，不同的劇本格式將會難以整合。

劇本格式就像蘋果 iOS 和安卓系統的程式碼，不管在哪個語言裡都是一致的，每個人都能輕鬆使用這些應用程式，因為它們都採用的標準格式，讓用戶端能夠輕鬆理解，這也是為什麼華語電影市場需要逐步採用國際通用的劇本標準格式，不僅僅是為了拍攝效率（劇本一頁代表電影的一分鐘），更是為了創作出能夠行銷全球的作品。

編劇軟體

長久以來，幾乎所有主流編劇軟體都不支援中文字，但好消息來了，下方列出的三款編劇軟體都能支援繁體中文與簡體中文，甚至還提供了教育優惠價。

FINAL DRAFT: www.finaldraft.com

FADE IN PRO: www.fadeinpro.com

WRITER DUET： www.writerduet.com

和諧影業華語劇本撰寫格式

下方華語劇本撰寫範例採用好萊塢（已存在超過一百年）的標準格式。（按：為考慮華文劇本寫作的數位工具易得性，以下的字體及字體格式以最普及的軟體為原則）

1. **場景標題**：粗體
2. **角色名字**：角色首次登場時，以粗體標示其名字和年紀，即使是沒有名字的角色，首次出現時也要使用粗體標示其名稱。
3. **角色年紀**：基本上，只需標示主角和主要配角的年紀，無名角色不需要標示年紀，角色名字首次出現在場景或動作說明時，以括號在名字後面標示其年紀。
4. **對白指示**：只能使用動作動詞，不要使用形容詞，也不要指導演員如何詮釋台詞，並請斟酌使用次數。擺放位置為對白角色名字下方，第一行對白之上。若同一段對白裡，角色需要做動作，也可以擺在對白之間。
5. **頁碼**：頁碼標註在右上角，從第二頁開始，頁碼數字後請加上一點，如：2.
6. **字體**：新細明體，12級字

7. **邊界**：強烈建議購買業界標準軟體，可以省下許多麻煩和時間。若想使用微軟的 Word 設定格式，下方的格式設定提供參考。

- 上下邊界：1 英吋（約 2.54 公分）
- 左邊界：1.5 英吋 （約 3.81 公分）
- 右邊界：1 英吋（約 2.54 公分）
- 對白角色名：左邊預留 4 英吋（約 10.16 公分）
- 對白：左邊預留 2.5 英吋，右邊預留 2.5 英吋
- 對白指示：左邊預留 3 英吋（約 7.62 公分），擺放在角色名和對白之間，或同一個角色的同一段對白間。

8. **行距**：
- 場景標題：場景標題與本場戲的動作說明之間使用雙行間距（2 倍行高）
- 動作：可以使用雙行間距將大篇幅的動作說明分段
- 角色名：角色名和對白之間使用單行間距
- 對白：同一段對白內使用單行間距，對白結束後使用雙行間距，隔開下一段對白的角色名、動作指示或場景標題

劇本撰寫範例

摘自林偉克的編劇作品：《黑街疑雲》（CHALK）

場景標題使用粗體標示，包含地點、內或外、日或夜。

內 - 福特汽車 - 夜

使用雙引號及斜體標示歌名或某位歌手的歌曲。

<u>**卡帶隨身聽**</u>播放 "*鄧麗君的歌曲*"， 麗莉將<u>**液化海洛因**</u>灑漫在整個車內。髒亂的車裡堆滿生活用品與衣物，加上一朵爛掉的<u>百合花</u>，一眼就可看出麗莉住在車上已經很久。

使用粗體與底線強調重要物件，或是具有意義的物件。

角色利用動作建構一場戲的敘事。

她蒼老的手正熟練地調製著，將海洛因粉倒在鐵湯匙上吐了口水，用塑膠打火機在鐵湯匙下加熱，海洛因漸漸溶解冒出氣泡與白煙。

麗莉隨手拿一條紅色塑膠繩纏住自己右上臂，右手抓著繩子、嘴裡咬著另一端繩頭用力縮緊，猛力拍打尋找凸起的血管，我們看到她<u>**千瘡百孔滿布瘀青的毒蟲手臂**</u>。

以粗體與底線強調視覺意象。

標明說話的角色。

麗莉

來吧‧‧‧

她的**雙手不斷顫抖著**，準備一個使用過的小針筒。

將它扎入她到處淤青的手臂。

以粗體標示需要強調的動作。

> 麗莉
>
> 好，很好。 好啊・・・

突然間她感到一陣茫然，並產生幻覺，脫離現實。
注射後的麗莉猶如虛脫般倒在駕駛座上。

> 麗莉
>
> 是誰？

她凝視著玻璃杯內的水。

> 麗莉
>
> 誰在那裡？

她雙手緊握方向盤準備駛離，瞪大著雙眼。 正當
她發動引擎時——

「砰！」一具屍體猛然撞在擋風玻璃上，鮮血四
濺。她尖叫著。

使用「」來表達音效

場景 2

外 － 一棟華麗別墅 － 日

使用引號、粗體與底線，標示招牌、建築物、交通工具等物件上的名字或文字。

一輛大型卡車停在公寓前，側面印著 <u>**"老張搬家"**</u>
精美的家具從車上運下。

即使角色沒有名字，第一次出現在劇本時，也要以粗體標示。

難搞的男主人在走廊監督著。

對白間的動作指示。

難搞的男主人

（喊）

全都是法國進口的，小心搬啊！

兩個搬家工人從卡車上搬下兩張橡木椅子。手機
鈴聲繼續響起。

難搞的男主人

這椅子比你們一年薪水還貴！

角色在電影中第一次登場時，以粗體標示其名字與年齡。

張偉廉（**33 歲**）動作粗曠，汗流浹背的搬家工人，
渾身傷疤和瘀青。他將椅子放下。 接起手機。

偉廉

喂。

難搞的男主人

喂！老子不是花錢請你來聊天，動作快點！

偉德 （V.O.）

偉廉，我找到她了。

一個陌生的聲音。偉廉冷酷的反應。

若對白從電話、電視、收音機、對講機等機器傳出，或是角色的內在敘事，請在角色名後面加上（V.O.）；當說話者不在畫面中，但還在同一個時空裡，請加上（O.S.）

如需觀看附錄簡短劇本
示例的 WORD 設定文件檔
請至以下網址下載

www.andbooks.com.tw/format.doc

好萊塢劇本創作術
地表最強影視工業如何打造全球暢銷故事？
Crazy Screenwriting Secrets:
How to Capture A Global Audience

林偉克 Weiko Lin

CRAZY SCREENWRITING SECRETS: HOW TO CAPTURE A GLOBAL AUDIENCE by WEIKO LIN
Copyright © 2019 by WEIKO LIN
This edition arranged with MICHAEL WIESE PRODUCTIONS
through Big Apple Agency, Inc., Labuan, Malaysia.
Traditional Chinese edition copyright:
2022 Briefing Press, a division of And Publishing Ltd
All rights reserved.

大寫出版
書系〈in Action! 使用的書〉 HA0103

著者	林偉克 Weiko Lin
譯者	鄭婉伶
行銷企畫	王綏晨、邱紹溢、陳詩婷、曾曉玲、曾志傑
大寫出版	鄭俊平
發行人	蘇拾平

發行　大雁文化事業股份有限公司
　　　台北市復興北路 333 號 11 樓之 4
　　　24 小時傳真服務：(02)2718-1258
　　　讀者服務電郵信箱 andbooks@andbooks.com.tw

初版一刷 2022 年 2 月　ISBN 978-957-9689-72-4　定價 360 元
版權所有·翻印必究 Printed in Taiwan·All Rights Reserved
本書如遇缺頁、購買時即破損等瑕疵，請寄回本社更換
歡迎光臨大雁出版基地官網 :www.andbooks.com.tw

國家圖書館出版品預行編目（CIP）資料

好萊塢劇本創作術 : 地表最強影視工業如何打造全球暢銷故事？
林偉克著；鄭婉伶譯
初版｜臺北市：大寫出版：大雁文化事業股份有限公司發行，2022.02
252 面；15*21 公分（in Action! 使用的書；HA0103）
譯自 : Crazy screenwriting secrets : how to capture a global audience
ISBN 978-957-9689-72-4（平裝）

1. 電影劇本 2. 寫作法
812.31　　　110020824

THE END